아주 사적인
그림 산책

아주 사적인
그림 산책

초판 1쇄 인쇄 2022년 05월 16일
초판 1쇄 발행 2022년 05월 23일

지은이 | 이영춘
펴낸이 | 임종관
펴낸곳 | 미래북
편　집 | 정광희
본문 디자인 | 디자인 [연:우]
등록 | 제 302-2003-000026호
본사 | 서울특별시 용산구 효창원로 64길 43-6 (효창동 4층)
영업부 | 경기도 고양시 덕양구 삼원로73 고양원흥 한일 윈스타 1405호
전화 031)964-1227(대) | 팩스 031)964-1228
이메일 miraebook@hotmail.com

ISBN 979-11-92073-10-1 (03800)

값은 표지 뒷면에 표기되어 있습니다.
잘못된 책은 구입하신 서점에서 바꾸어 드립니다.

아주 사적인
그림 산책

이영춘 지음

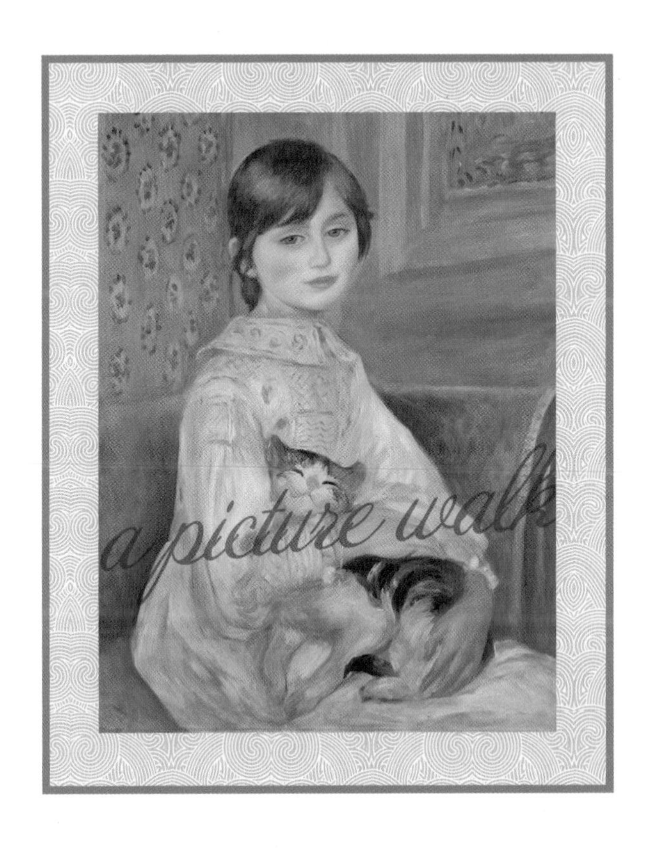

MIRAE
BOOK

에두아르 마네 | 아스파라거스 다발 | 1880

식탁 위에 놓인 '파 뿌리'.

따 쓰고 남은 파와 뿌리가 여기저기 놓여 있었습니다. '왜 버리지 않고 이걸 놔뒀어!'라는 생각과 함께 조금은 짜증이 밀려왔습니다. 아! 물론 '파 뿌리' 때문만은 아닙니다. 파 뿌리는 명분일 뿐, 아내와 조금 전 다퉜던 그 화의 잔뿌리가 남아 있었기 때문입니다.

'파 뿌리'를 핑계로 아내에게 화를 내고 싶었던 것인지도 모릅니다. 하지만, 그 순간이었습니다. 에두아르 마네의 '아스파라거스'가 떠오른 건 말입니다.

마네는 우리의 파와 같은 식자재였던 '아스파라거스'를 그렸습니다. 왜 그는 이 별 볼 것 없는 식자재를 그림으로 그렸을까요? 당시 마네는 몸이 불편하고 좋지 않았습니다. 그림을 그릴 수 없을 지경까지 갈 때도 많았죠. 절망적인 순간이었을 것입니다. 그에게 있어, 하찮아 보이는 '아스파라거스'가 자기 자신이라고 생각했던 것은 아닐까요? 소소한 것에서 의미를 발견하고 그림을 그렸던 마네라면 당연히 그렇게 생각했을 것 같습니다.

갑자기, 화를 내려고 했던 나 자신이 부끄러워졌습니다. 마네 덕분입니다. 그리고 이런 생각이 들었습니다. 소소한 것을 소중하게 바라보는 것. 그것이 내 삶을 더 행복하게 만드는 것 아닐까?

다시 식탁 위에 놓인 '파 뿌리'를 바라보니, 아내에게 고마운 것들이 떠올랐습니다. 27살, 어린 나이에 아무것도 없는 나와 결혼해준 그녀. 8년간 아이가 생기지 않아 고생했던 나의 아내. 덕분에 맞은 우리 집의 보물 다윤이까지. 그녀가 없었으면 내 삶의 '뿌리'도 없다는 생각이 들었습니다.

화는 사라지고, 고맙고 사랑스러운 마음만 남았습니다. 식탁 위의 파 뿌리를 치우며, 내 삶을 이루는 소소한 것들을 생각하게 되었습니다. 그 결실이 바로 이 책입니다. 누군가에는 별 볼 일 없는 저만의 글일지 모르지만, 내 삶의 소소하면서 소중한 시선과 순간들이 담겨 있습니다.

이 책을 읽는 여러분들의 '파 뿌리'는 무엇인가요? 여러분들의 시선으로 함께 공명하는 순간이 되면 좋겠습니다.

소소해서 더 소중한 순간들을 함께한 나의 부모님, 아내, 다윤이, 반려묘 강이와 산이에게 감사하며!

이영춘

CONTENTS

소소한 것을 소중하게 바라보는 것.
그것이 내 삶을 더 행복하게 만드는 것 아닐까?

PART 1 그림을 읽는 일상

PART 2

그림이 필요한 순간들

PART 3 따뜻한 그림 한 점의 위로

PART 1

그림을 읽는 일상

귀스타브 카유보트 | 비 내리는 예르 | 1875

찢어진 우산으로 본 세상

~~~~~ 현관문을 나오자, 비가 적적하게 내렸다. 카유보트의 〈비 내리는 예르〉처럼. 출근길 곳곳의 웅덩이와 빗물은 카유보트의 그림 속 한 장면 같았다. 20년간 살면서 매일 바라봤을 예르강 위의 빗물을 그는 왜 그렸던 것일까? 이런 궁금증도 잠시, 우산 사이로 비가 들어왔다. 급하게 나오다 보니, 찢어진 우산을 들고 나온 것이다. 찢어진 우산 사이로 보이는 출근길은 아름다웠다. 기대하지 않았던 광경이다. 항상 눈으로 봤지만, 찢어진 우산 사이로 보이는 광경은 또 다른 아름다움을 나에게 선물했다. 온전한 우산이었다면, 보이지 않았을 감흥이다.
~~~~~

기대하지 않은 놀라움은 인생을 살아가는 재미 중 하나인 것 같다. 비를 막지 못해 쓸모가 없어진 우산 덕분에, 이전과 다른 풍경을 바라볼 수 있었다. 함께 연상된 카유보트의 그림은 덤이다. 쓸모없음이 상황에 따라서는 새로운 가치를 줄 수 있음을 느끼는 순간이었다.

촉촉한 비를 맞으며 계속 걷다 보니, 카유보트의 〈파리의 거리, 비 오는 날〉이 생각이 났다. 막대한 유산을 통해 부자가 되었지만 화가를 꿈꿨던 카유보트(1848~1894). 처음에는 자신만의 그림을 통해 이름난 화가가 되고 싶었다. 차별화 전략도 있었다. 당시의 '현실'을 그리는 것이었다. 당시 예술계를 주도했던 화풍은 신화와 역사 속 장면을 그리는 신고전주의였지만 그는 역으로 근대화를 맞이한 19세기 프랑스 파리의 도시생활을 주제로 삼았다. 당시 산업화가 한창 진행되면서, 파리는 이전과 다른 근대적 도시가 되었다. 오스만 남작에 의해 개발된 파리는 샹젤리제 거리의 도로가 포장되고, 곳곳에 공원이 생겼다. 산업화로 인해 삶의 여유가 생긴 사람들은 파리 근교 지역에서 휴가를 보내기도 했다. 시대의 변화를 카유보트는 그림에 담고 싶었다. 그러한 그림 중 하나가 바로 이 작품이다.

카유보트는 카메라로 찍은 사진의 한 장면처럼, 비 오는 날 파리 거리를 걷는 사람들을 그렸다. 이전의 파리에서는 볼 수 없는 광경을 잘 포착했다. 독특한 구도와 치밀한 구성 속에서 여전히 원근법이 유지되고 있지만, 더 이상 그림은 신화와 역사를 주인공으로 삼지 않았다. 그들이 살고 있는 '지금' 이 순간을 의미 있게 여겼다는 점이 중요하다.

하지만 당시 대다수의 화가와 평론가, 관람객들은 이런 '현실'을 그렸던 카유보트를 조롱했다. 저속하고 천박한 주제라고 생각했기 때문이다. 그의 작품은 생각처럼 성공적이지 못했다. 하지만 그는 포기하지 않았다. "변화를 추구하는 이 그림들이 언젠가는 세상이 인정해 줄 것이다"라며 미래를 낙관했다. 화가로 인정받지 못한 그는 새로운 방식을 통해, 자신의 생각이 옳다는 것을 증명해 나갔다. 바로 인상주의자들의 그림을 사들이고, 함께 전시회를 개최하는 것이었다.

모네, 르누아르, 피사로를 중심으로 한 인상주의자들은 순간적 인상을 포착하여 그림으로 그렸던 예술가 그룹을 지칭한다. 그들이 첫 전시회를 열었을 때, 많은 사람들은 인상주의자들을 비웃었다. '인상주의'라는 칭호 자체가 조롱에서 나온 칭호였다. 하지만 수십 년 만에 그들은 예술계를 주도했다. 그런 점에서 카유보트는 당대인들보다 훨씬 앞선 미적 감각을 지닌 인물이었다.

G. Caillebotte. 1877

귀스타브 카유보트
파리의 거리, 비 오는 날
1877

나는 여기서 주목하고 싶은 것이 하나 있다. 카유보트의 태도이다. 인정받지 못한 화가였음에도, '자신'의 기준으로 인상주의 화가들의 가치를 높였고, 예술계의 변화를 선점했다. 새로운 시대에 맞는 그림 화풍과 사람들을 연결하는 가교역할을 자처한 것이다.

화가로서의 삶도 마찬가지였다. 그가 그린 그림들은 한결같이, 당시 프랑스인들의 모습과 삶이 무덤덤하게 담겨 있다. 그에게 있어, 화가가 된다는 것은 남의 인정보다, 자신이 중요시한 가치를 표한하는 것이 더 중요했기 때문이다. 그렇게 그는 기존 세상에서 요구하는 체계에서 벗어나 자유를 얻었다. 이것은 찢어진 우산을 들고 거리를 다니는 것과 같다. 찢어진 우산 사이로 이전과 다른 풍경을 발견할 수 있듯, 자신만의 시선으로 세상을 바라보는 것이기 때문이다.

사실, 인생은 항상 의도하는 것처럼 되지 않는다. 어떨 때는 계획과 너무 달라지기도 한다. 내 삶이 마음대로 되지 않는다고 좌절하기도 한다. 하지만 계획에서 벗어난 그 틈 사이로 예상치 못한 것을 발견할 때, 내 삶은 기대감으로 가득 차게 될 것이다. 카유보트처럼 말이다.

혹시, 오늘 의도대로 되지 않은 것이 있는가? 그렇다면 그

의도되지 않은 광경을 오롯이 바라보자. 생각하지 못한 더 큰 것을 얻을 수 있을 것이다.

당기다

그러나 난 '땡기다'

~~~~~~ 어떤 상황에서 뜬금없이, 갑자기 확~ 땡기는 것이 있다. 지금, 이 순간의 커피가 그렇다.

비가 내리는 날 밖에 한 발짝도 나가기 싫지만 갑자기 커피가 땡긴다. 당긴다가 맞는 표현이지만, 나는 '땡긴다'라고 쓰고 싶다. 그만큼 나에게는 커피가 강하게 필요했다.

아내와 다윤이(나의 사랑하는 딸. 그렇다고 아내가 사랑스럽지 않은 것은 절대 아니다.)가 밖으로 나간 지금, 오랜만에 혼자 집에서 일어나 커피가 확 땡김을 느낀다. 우산을 들고 밖으로 나왔다.

우산을 들고 나가 비를 맞으면서도 커피를 사러 가는 나의 모습. 왜 갑자기 커피가 땡겼을까? 커피 머신도 있지만 밖에
~~~~~~

있는 커피가 마시고 싶었다. '배달앱'으로 커피를 시켜도 되지만 카페로 나가고 싶었다. 그렇다고 카페에서 먹고 싶지도 않았다. 비를 맞으며 커피를 사서 집에 들어왔다. 땡김은 이유가 없다. 내 속의 DNA가 시키는 것이기 때문이다.

커피를 사서 한 모금 마시니, 마티스의 〈이카루스〉가 생각이 났다. 이 그림을 생각할 때마다 '땡기다'라는 단어가 떠오르기 때문이다.

마티스(1869~1954)는 대표적인 야수파 화가 중 한 명이다. 추상화의 선구자 칸딘스키는 이렇게 마티스를 평가했다. "그는 색채에서 그림을 해방했다." 마티스는 화려하고 감각적인 색채를 통해, 자신만의 직관과 감정을 드러냈다. 하지만 그도 사람이었다. 색채에서 자유로웠을지는 모르지만, 병에서는 자유롭지 못했다. 관절염, 암 등이 화가로서의 삶을 방해했다. 더 이상 붓을 들고 그리기 어려울 지경이 되었음에도 그의 예술적 욕구는 더 분출되었다. 이것은 평소 그가 했던 말을 그는 행동으로 옮긴 것이다.

"그림이란 가장 황당한 모험과 부단한 탐구를 일컫는 말이다. 조금 방황하면 어떠한가? 그만큼 성장하는 것을!"

사람들은 그를 가리켜 '부활한 자'라고 불렀다. 더 이상 그림을

앙리 마티스 | 이카루스 | 1946

그릴 수 없는 상황을 극복하고, 콜라주라는 기법을 통해 새로운 미술작품을 탄생시켰기 때문이다. 프랑스어로 '풀로 붙이다'라는 콜레(coller)에서 나온 콜라주를 통해 마티스는 〈이카루스〉를 표현했다. 물감으로는 표현할 수 없는 자유롭고, 단순한 형태이다.

자신의 창작적 욕망이라는 땡기는 감정을 콜라주로 표현한 마티스, 그는 이카루스에서 어떤 땡김을 받았을까? 이카루스는 그리스-로마 신화 속 다이달로스의 아들이다. 그는 미로를 만든 인물로서 아들 이카루스와 탈출하기 위해 새의 깃털과 밀랍으로 날개를 만들어 탈출한다. 하지만 태양에 더 가까이 가고자 했던 아들 이카루스는 결국 탈출 도중 죽게 된다. 그래서 이카루스는 '욕심'을 뜻한다.

하지만 마티스는 '욕심'덩어리의 아이콘을 다르게 봤다. 그는 열망을 봤다. 〈이카루스〉의 심장은 붉다. 태양을 향한 순수한 마음이 드러난다. 또한 그 주변의 반짝이는 노란색 별은 열망이 빛나는 '환희'이다. 어쩌면 자신의 예술에 대한 '열망'을 이카루스에 투영한 것인지도 모른다. 마티스의 라이벌이었던 피카소는 그를 이렇게 평가했다.

"마티스의 뱃속에는 태양이 들어 있다!"

오늘 비를 맞으며 커피를 사러 간 것도, 사실은 커피가 땡기는 것이 아니라 집을 벗어나는 그 순간의 쾌감 때문이었다.

비 오는 오늘, 비에 젖은 도로와 바람, 날씨가 마음에 들었나 보다. 오늘 나의 DNA는 사실은 커피보다 비가 몸에 맞는 촉감을 원했나 보다. 가끔은 알 수 없는 땡김이 새로운 것들을 보게 할 때가 있다. 실컷 커피는 핑계라고 하면서 따듯한 아메리카노가 내 몸에 들어올 때 '이 맛 때문이지!'라는 생각을 하고 있다. 마티스와 이카루스처럼, 나만의 '땡김'을 향해 날아보자!

에어팟

~~~~~ 다윤이가 태어난 지 얼마 안 된 시점이었다. 주말이 되면 아내와 교대하며 육아를 했다. 나는 주로 새벽 담당이었다. 2시간 내로 일어나는 다윤이를 맞이하기 위해, 나는 어느 순간부터 자지 않고 귀에 에어팟을 끼기 시작했다. 항상 한쪽 귀에 에어팟을 끼고 산다는 그 유명한 가수 KCM처럼. 그것만 있으면, 시간 가는 줄 모르고 아이를 볼 수 있다. 다양한 유튜브 속 이야기, 음악을 들으며 나는 다윤이를 돌보면서도 여러 예능의 세계로 빠져들었다. 나에게 있어 에어팟은 그런 면에서 지루한 현실이 아닌, 역동적 가상세계로 빠져드는 입장권 같은
~~~~~

것이었다.

"귀 좀 열어!"

아내의 외침이 들렸다. 아내는 나의 이런 모습에 불만이 가득했다. 소통이 안 되기 때문이다. 인정한다. 하지만 신생아를 보는 시간이 지루하다는 소심한 변명을 해본다. 뭐, 어찌 되었든 아내의 외침은 분노 게이지가 가득 찼다는 신호다. 덕분에 나는 다시 현실로 돌아올 수 있었다.

현실로 돌아온 나는 아차! 싶었다. 아내의 분노도 그렇지만, 귀가 매우 아팠기 때문이다. 귀를 막고 나만의 세상에 빠져든다는 것은, 삶의 불통과 신체적 통증을 동반하여 불러온다는 것을 깨달았다. 얼얼한 귀를 만지다, 세상과 불통했던 한 화가가 떠올랐다. 자신만의 세계에 갇혀 살았던 비운의 인물이다. 그런 점에서 하루 종일 두 귀에 에어팟을 끼고 산다고나 할까? 심리학자들은 그의 삶을 통해, 정서불안과 대인관계가 좋지 못한 '경계적 인격장애'라는 진단을 내렸다. 실제로 그는 제대로 정착하지 못하며 삶을 살았다. 학교를 중퇴하고, 삼촌의 가게에서는 고객과 마찰했으며, 전도사를 꿈꿨으나 실패하고 화가가 되었다. 그 스스로도 자괴감이 많이 들었을 것이다. "내가 무엇을 해야 할지 모르겠다"는 그의 일기 속 고백은 사람을 대할 때 극명하게 드러났다. 줄곧 자신의 입장과 열정만 이야기했다. 사랑도 그랬다. 상대방의 의중보다는 자신의 마음을 전달하는 것이 더 중요했다. 결국, 짝사랑만 하다 젊은 나이에 요절했다. 예술세계도 마찬가지였다. 누구도 그의 예술세계를 이해하지 못했다. 화가의 동생은 그에게 제발, 유행하는 그림을 그리라고 애원했다. 친구라 여겼던 동지는 그의 그림을 비하했다. 작품은 오직 '인맥'에 의해 팔린 그림 한 점이 전부였다. 그럼에도 불구하고 자신의 그림에 자신이 있었다. 하지만 그의 말처럼 "문제는 모든 사람들이 그렇게 생각하지 않았다."

그는 '영혼의 화가'로 불리는 반 고흐(1853~1890)이다. 반 고흐는 목사의 아들로 태어났다. 하지만 어릴 때부터 우울한 삶을 살아야 했다. 형의 대체재였기 때문이다. 빈센트는 반 고흐의 이름이기도 하지만, 원래는 형의 이름이다. 형이 죽자 부모님은 그 이름을 그대로 반 고흐에게 물려줬다. 그리곤 반 고흐의 생일날 형의 무덤을 찾아갔다. 이것이 지닌 의미를 인지한 순간부터였을까? 그는 세상에서 버림받은 영혼처럼 성장했고, 살아갔다. 그리고 결정적 사건이 발생했다.

자신의 절친(이라고 생각했던) 고갱과 다툰 후 스스로 귓불을 잘랐다. 다툼의 원인은 '별것' 아니었다. 서로의 예술관의 차이였다. "반 고흐는 낭만주의자지만 나는 원시적인 것이 더 좋다"라고 고갱은 말했다. 이것은 예술적 공동체를 꿈꿨던 반 고호에게는 큰 충격이었다.

귓불을 자른 후, 지역 주민들의 반응도 반 고흐에게 충격을 주기에 충분했다. 탄원서를 통해 그가 살았던 '노란 집'을 폐쇄하도록 했기 때문이다. 그들과 가깝다고 여겼던 반 고흐로서는 큰 고립감을 느끼는 순간이었다. 결국, 그는 생레미 정신요양원에 들어가야 했다. 반 고흐는 걸어 다니는 종합병원이라 할 만했다. 편집증, 간질, 조울증, 중독, 환각증을 모두 가지고 있었기 때문이다. 이런 질병들 속에서 그는 끊임없이 그림을 그려나갔고, 생애 마지막 70일 동안에는 무려 70점의 유화와 30점의 데생을 남겼다. 미친 듯 그림을 그린 것은 세상과 단절된 반 고흐의 심정을 잘 보여준다.

이런 그의 삶을 가장 잘 대변하는 그림 중 하나가 바로 〈귀를 자른 자화상〉이다. 초점을 잃은 눈빛에서는 희망을 발견할 수 없고, 붕대로 가려진 귀는 세상과의 소통을 거부한다. 오직 입에 문 담배만이 그의 기분을 즐겁게 해줄 뿐이다. 그가 이 그림에서 담배 파이프를 그린 것은 자신이 가장 멋있다고 생각하는 순간이기 때문이다.

보통 많은 사람들은 인스타그램에 항상 '행복'한 순간만 올린다. 그것은 인간의 본능일 것이다. 하지만 반 고흐는 정반대

빈센트 반 고흐
귀를 자른 자화상
1889

였다. 그는 왜 자신의 가장 불행하고, 비참한 모습을 화폭에 담았을까? 그것은 세상과 철저하게 단절된 자신의 내면을 보여주고 싶었던 것은 아니었을까? 팔리지 않는 그림, 동생에게 빌붙어 사는 비참한 심정, 거기다 함께 살았던 고갱과의 불화는 반 고흐가 처한 심리적 절벽상태를 잘 보여준다. 반 고흐는 37세의 짧은 인생을 살고 세상과 단절되었다. 결국, 자신을 알아주지 않는 세상을 바라며 쓸쓸하게 죽었다. 그것도 권총에 의한 자살이었다. 그가 유언으로 남긴 말은 반 고흐의 심정을 잘 대변한다.

"고통은 영원하다."

하지만 얼마 후 그는 인정받는 화가가 되었다. 조금만 더 세상에 마음을 열었다면 그의 삶은 어떻게 바뀌었을까?

항상 자신만의 에어팟을 끼고 산다면, 누군가의 조언, 누군가의 아름다운 이야기, 반드시 들어야 할 여러 소리들을 놓치게 된다. 자신만의 에어팟에 갇혀 타인의 소리를 듣지 않기 때문이다. 그리고 돌아온 것은 멍멍한 귀와 불통에 힘들어하는 주변 사람들뿐이다. 나도 그렇다. 에어팟을 자꾸 끼다 보니, 끼고 있는지도 몰랐다.

불통에 대한 부끄러운 에피소드 하나 더 소개한다. 주민센터에서 다윤이의 출생신고를 할 때였다. 상대방의 목소리가 잘 들리지 않아, 조금은 짜증 섞인 소리로 말했다.

"목소리 좀 크게 이야기해주세요!"

하지만 그때 나는 상대방의 제스처에 민망해졌다.

"귀에 낀 에어팟을 빼세요!"

얼마나 황당한 광경인가? 내 귀에 낀 에어팟을 빼면 될 텐데 상대방 보고 목소리를 크게 키워 달라고 하니 말이다. 소통은 내가 막은 귀의 에어팟을 먼저 빼는 것부터 시작해야 하는 것 같다.

내 삶 속 에어팟은 무엇일까? 나만의 소리에 갇혀 살고 있지는 않은가?

내 이름은
'산이'

~~~~ 우리 집에는 두 마리의 주인님들이 산다. '러시안 블루인 줄 알았던 코렛' 산이와 '시고르자브종' 강이다. 둘 다 유기묘 출신이지만, 우리 집에서는 왕처럼 지낸다. 특히 산이는 황제처럼 산다. 황제처럼 사는 그 녀석에 대한 이야기이다.

평소 산이는 하루 내내 잠을 자거나, 밥을 달라고 할 때만 기어 나온다. 여기서 중요한 것은 '기어' 나온다는 점이다. 평상시는 대부분 누워있어 바닥과 구별이 잘 되지 않는다. 산이에 대하여 몇 가지 키워드를 뽑아 봤다.

#검은색 #건방진 눈빛 #여유 #도도한 자세
~~~~

이런 키워드를 뽑아서 산이를 바라보니, 이 그림이 떠올랐다.

그림은 인상주의의 아버지라고 불린 마네(1832~1883)의 문제작 〈올랭피아〉이다. 정말 시대의 문제작이었다. 모르고 보면, 이름 값에 비해 실망할 수 있다. 나도 처음 이 그림을 볼 때 그랬다. 시대의 문제작 치고는 특이한 점을 발견하지 못했기 때문이다. 또한, 완전한 마네만의 창의력이 담긴 그림도 아니다. 패러디 그림 중 하나였기 때문이다. 원작은 베네치아의 거장 화가 티치아노(1488년경~1576)의 〈우르비노의 비너스〉이다.

여인이 침대에 누워있고, 비슷한 자세를 취한다는 점을 빼놓고는 의미하는 것은 완전히 다르다. 의미보다 의도가 달랐다고 하는 것이 더 정확한 표현일 것이다.

마네의 〈올랭피아〉는 어떻게 시대적 문제작이 되었을까? 그것은 기존의 그림 속 알레고리와 도식을 깨버렸기 때문이다.

티치아노가 그린 그림을 보자. 당시 사람들은 이 그림을 보면서 미의 여신' 비너스'를 생각했다. 왜냐하면, 비너스를 상징하는 알레고리 때문이다. 알레고리는 '무언가 다른 것을 말하기' 혹은 '은유'라는 뜻을 지니고 있다. 서양 고전 그림에는 많은 알레고리가 담겨 있어, 제대로 알아야 읽을 수 있다. 티치아노는 16세기 '화가들의 황제'로 불렸던 베네치아의 화가였다.

위세가 대단한 화가로서, 신성로마제국 황제로부터 훈장과 귀족 작위를 수여받은 인물이기도 하다. 그의 대표적 그림이기도 한 〈우르비노의 비너스〉는 이상적인 미의 여신의 표본으로 여겨졌다. 이탈리아 도시국가 중 하나였던 우르비노의 공작인 구이도발도 델라 로베로가 결혼 기념으로 주문한 작품이다. 그림 속 여인은 '베누스 푸티카'라고 하는 비너스의 '정숙한 자세'를 취하고 있다. 또 장미다발을 들고 있는데, 이것은 비너스를 상징하는 사랑과 열정, 아름다움을 뜻한다. 이러한 알레고리를 알고 있었던 대다수의 관람객과 평론가들은 마네의 그림에 충격을 받을 수밖에 없었다.

위대한 '화가들의 황제' 티치아노의 그림 〈우르비노의 비너스〉를 패러디한 것까진 좋다. 하지만 수백 년간 이어져 왔던 비너스에 대한 도식을 깨버렸기 때문이다. 마네가 살았던 1860년대의 파리 미술계는 여전히 고전의 알레고리와 도식을 따르는 아카데미즘이 유행하던 시기였다. 그런 시기에 마네의 그림이란 파격이자 도전이었다.

모델부터가 충격적이다. 마네의 〈올랭피아〉 그림 속 여자는 실제 당시 살았던 여인 빅토린 뫼랑을 모델로 했다. 그림의 제목 자체도 그렇다. 마네의 〈올랭피아〉는 당시 흔했던 매춘부의 예명이었기 때문이다. 또, 정면을 응시하고 있는 도발적 자세와

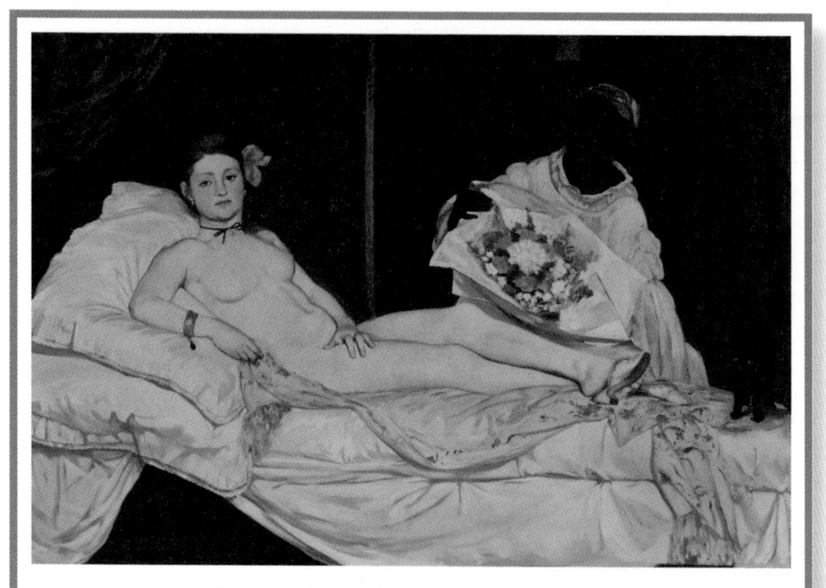

에두아르 마네 | 올랭피아 | 1863

티치아노 베첼리오 | 우르비노의 비너스 | 1534

초크 목걸이, 꽃, 발밑에 있는 '검은 고양이'는 모두 성적인 의미가 담겨 있었다. 초크 목걸이는 매춘부를 상징하며, 그림 속 흑인 하녀가 들고 있는 난초 꽃은 최음제로 사용되었다. 거기다, 여성의 성기를 뜻하는 은어를 지닌 검은 고양이와 꼬리는 많은 이들에게 충격 그 자체였다. 당시 평론가들은 이렇게 마네의 그림을 평가했다.

"배가 누런 창녀를 그렸다."

관람객들은 우산으로 마네의 그림을 찢으려 했고, 경관 두 명이서 지켜야 했다는 에피소드도 함께 전해진다.

'비너스 자세 = 비너스 = 여신'이라는 도식은 마네에 의해

'비너스 자세 = 비너스 = 현실 속 매춘부 = ???'

이렇게 된 것이다. 흥미로운 점은, 마네의 그림 속 도식과 새로운 시도는 근대 미술이 시작되는 첫 발자국이 되었다는 점이다. 마네조차도 의도하지 않은 결과였을 것이다. 마네의 도식을 깬 그림은 새로운 화풍의 탄생을 예고했다. 그것이 바로 인상주의였다. 그렇게 마네는 인상주의의 아버지가 되었다. 그런 공로를 인정받아, 그는 프랑스 레지옹 도뇌르 훈장을 수여받기에 이른다.

새로운 시작과 변혁의 첫 발자국은 기존의 인식에 대한 도전에서 시작한다. 그런 점에서 마네의 〈올랭피아〉는 내가 산이

를 보며 떠올린 키워드와 유사하다.

산이는 나에게 있어, 〈올랭피아〉이다. 기존의 인식을 깨는 그림처럼, 내가 가진 고양이의 인식을 깬 녀석이다. 원래 나는 고양이를 매우 싫어했었다. 고양이의 눈빛, 털, 행동 모든 것이 마음에 들지 않았다. 하지만 아내의 간곡한 부탁 때문에 키우게 된 산이와 강이는 내 마음을 사로잡았다. 레오나르도 다 빈치는 "고양이들은 모두가 명작이다"라고 말했다. 레오나르도 역시 고양이의 매력에 푹 빠진 것이다. 이후, 나는 동물을 포함한 생명체에 관심을 가지게 되었고 이전보다 더 사랑스러운 시선으로 그들을 바라보게 되었다.

산이를 보며 〈올랭피아〉를 떠올리니 제법 흥미로웠다. 삶 속에는 이렇게 '발견'하고 '연결'할 수 있는 것들이 많다는 사실이 날 설레게 만든다. 삶에 지칠 때도 있지만 잠깐 머리를 들어, 주변을 바라보면 이전과 다른 여러 가지를 '발견'할 수 있다. 산이와 〈올랭피아〉를 통해, 내 삶 자체가 미술관과 유사하다는 생각이 들었다.

힘들 때, 조금은 뒤로 물러나 인생을 바라보자. 미술관 속 그림을 보듯. 그리고 조금 더 여유를 가지자. 그러다 보면, 나를 힘들게 했던 순간과 감정들이 어느 순간 내 인생이란 미술관의 '명화'가 되어 있지 않을까?

산이가 갑자기 고마워졌다. 사료 한 번 더 주고 쓰담쓰담 해 주었다.

두 종류의 이야기

~~~~~~ 아내의 말에 의하면 세상에는 두 종류의 이야기가 있다고 한다. 하나는 존재, 다른 하나는 현재에 대한 이야기다. 존재 이야기는 그 사람에 대한 '존재'를 말해주는 것이다. "사랑해, 좋아해, 대단해" 등과 같은 말이 될 것이다. 현재 이야기는 현실적이고 물질적인 말이다. "연봉 얼마야? 취업했어? 집은 언제 사니?" 등과 같은 말이다.

아내는 딸에게 두 이야기를 모두 해줘야 한다고 나에게 말했다. 퇴근하고 나서, 아빠의 하루 일상을 이야기하기(현재 이야기) 그리고 자기 전 존재에 대한 사랑을 표현하기(존재 이야기). 아기가 잠이 드는 것을 보고, 아내와 잠깐 식탁에 앉아 이야기
~~~~~~

를 나눴다.

"어릴 때는 존재 이야기를 하는데, 커서는 현재 이야기만 하는 것 같아."

그렇다. 어릴 때는 존재 이야기만 한다. "사랑해" 수도 없이 말한다. 하지만 점차 어른이 되면, 이 말은 쉽게 듣기 어렵다. 어른에게 존재 이야기는 사치다. 그리고 더 이상 듣고 싶지 않아도, 현재 이야기를 넘치도록 듣다 보니 누구의 말도 듣고 싶지 않기 때문이다.

하지만 본질적 문제는 현재 이야기를 많이 들어야 한다는 것이 아니다. 존재와 현재 이야기의 균형이 맞지 않다는 것이다. 세상을 살다 보면, 이 두 이야기 모두 필요하다는 것을 깨닫게 된다. 새의 날개처럼, 어느 한쪽만 크거나 작으면 새가 날 수 없듯이 말이다. 새는 두 날개를 모두 갖춰야 창공을 자유롭게 날 수 있다. 컨스터블의 〈구름〉 속 새들처럼 말이다.

컨스터블(1776~1837)은 영국을 대표하는 화가 중 한 명이다. 그는 구름을 사랑했던 화가다. 구름에 대한 애정이 컸던 컨스터블은 일반 화가들과 달랐다. 당시 대다수의 화가들은 구름을 도식적으로 그렸다. 관찰해서 그리려면 야외로 나가야 했기 때문이다. 하지만 컨스터블은 야외에 나가 끊임없이 구름을 관찰

존 컨스터블 | 구름 | 1821

했다. 또한 〈런던의 기후〉, 〈대기 현상 연구〉와 같은 서적을 탐독하며, 과학적인 측면에서 구름을 연구했다. 그는 경험과 관찰 그리고 지식, 어느 하나에 치우치지 않으며 그림에 녹여냈던 것이다. 그랬기에 그의 구름은 추상적이지도, 도식적이지도 않았다. 그렇게 컨스터블의 구름은 보는 이로 하여금 감탄을 자아내게 했다. 헨리 퓨젤리는 "컨스터블의 풍경화는 내게 우산을 가져오게 만든다"라고 했을 정도였다. 경험과 지식을 모두 갖춘 컨스터블이 그린 그림이었기 때문에 가능한 평가였으리라.

우리의 삶도 마찬가지라는 생각이 든다.

현재 이야기,

존재 이야기,

요즘 나는 나에게, 가족에게, 친구에게, 동료들에게 현재 이야기로 말하고 있는가? 존재 이야기로 말하고 있는가? 나는 사람들에게 균형 잡힌 이야기를 하며 세상이란 구름 속에서 자유롭게 날아가고 있을까?

치 약

~~~~ 말…. 말…. 말. 매일 똑같은 이야기를 녹음기처럼 반복한다. 영혼이 없음을 느낄 때가 있다. 혼이 나갔다는 말은 이때 쓰는 것이다. 점심시간도 마찬가지, 영혼 없이 밥을 먹는다. 무엇을 먹었는지도 기억나지 않는다. 일이 끝나면 육아를 한다.

달력을 봤다. 한 달의 중간. 아직도 15일이나 남았다. 요일로 따지면 화요일 같은 기분. 현재의 상태를 딱 보여주는 물건이 눈에 띄었다. 내 책상 위 치약. 1년간 사용한 치약의 상태는 매우 뒤틀려 있었다. 내 상태 같았다. 얼마 안 남은 치약을 짜기 위해 내가 힘을 준 것처럼 나도, 얼마 안 남은 에너지를 쏟아 제출해야 하는 보고서를 쓰고 있다.
~~~~

피에르 오귀스트 르누아르
부자발 무도회
1883

치약아, 너는 나구나!

치약을 안쓰럽게 만지다, 다 짠 치약처럼 인생을 살았던 수잔 발라동이 생각났다.

그녀는 인상주의 화풍이 유행하던 19세기 후반, 프랑스 파리 몽마르트의 대표적인 모델이자 뮤즈였다. '행복의 화가' 르누아르(1841~1919)는 수잔 발라동을 모델로 많은 그림을 그렸다. 대표적인 그림이 〈부자발의 무도회〉이다.

그림 속 그녀는 행복해 보인다. 당시 르누아르와 사귀는 사이였기 때문일 수도 있다. 아니면, 르누아르의 표현력 덕분인지도 모르겠다. 하지만 그녀가 마냥 행복하기만 했을까? 몽마르트의 로트레크는 다르게 봤다. 발라동의 지근 거리에서 마음을 나눴던, 로트렉(1864~1901)은 그녀를 다르게 봤다. 〈숙취〉처럼.

고민이 가득한 모습이다. 그녀는 어떤 고민을 하고 있던 것일까? 르누아르와의 이별 때문이었을까? 아니면, 사생아를 낳은 것에 대한 걱정 때문이었을까? 그녀를 그린 로트렉은 프랑스의 유명한 백작 가문의 후손이었다. 그러나 근친혼에 의한 유전병과 낙마로 인한 불구는 그의 삶을 환락가로 이끌었다. 거기서 만난 발라동에게서 로트렉은 자신과 같은 삶의 '숙취'를 마주한 것은 아니었을까?

사실 그녀의 삶은 〈숙취〉 속 모습과 닮아있다. 사생아의 딸로 태어나, 자신도 18세의 어린 나이에 사생을 낳은 여인. 서커스를 타다, 부상을 입어 직장을 잃어버린 실직녀. 르누아르는 그녀를 자신의 그림 스타일에 맞게 그렸지만, 로트렉은 그녀의 현실을 그림으로 표현했다. 방전된 수잔 발라동. 원래 이름은 마리 클레멘틴 발라동이었으나 성경 속에서 늙은 장로들에게 희롱당하는 수잔에서 이름을 빌어와 로트렉이 수잔 발라동으로 불러줬다. 그리고 그것이 이후, 그녀의 정식 이름이 되었다. 이런 사연을 알게 되고 그녀를 바라보니, 19세기 다 짠 치약처럼 보였다.

그녀가 측은해 보였다. 그녀는 왜 술을 취할 정도로 마셨을까? 무엇이 그녀의 삶을 힘들게 했을까? 꼬리에 꼬리를 물던 나의 생각은 누군가의 목소리에 방향을 잃어버렸다. 그리고 다시 '숙취'에서 시달리듯, 현실의 피곤을 마주해야 했다.

앙리 드 툴루즈 로트렉 | 숙취 | 1887-1888

시차

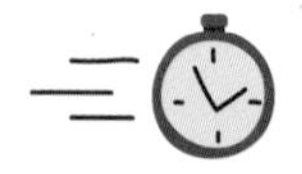

~~~~~ 그동안 경험하지 못한 세상을 마주하고 싶은가? 그러면 육아를 추천한다. 모든 내 삶의 기준은 내 딸 다윤이의 행동으로 결정되었다. 나의 잠자는 시간, 식사시간도 말이다. 아내와 둘이 살았던 시절의 삶과 비교해보면 완전히 다른 세상이다.

갑자기 바뀐 내 삶 속에서 나는 '삶의 시차'를 경험하고 있다. 시차의 여파는 컸다. 항상 잠은 부족했고, 소화도 제대로 되지 않았다. 시간이 날 때마다 틈틈이 잠을 자려고 하지만 그것도 쉽지 않다. 아기를 보다가도 다 끝내지 못한 일이 머리를 떠나지 않았다. 반대도 마찬가지다. 일하다가도 다윤이가 생각
~~~~~

날 때가 있다. 이처럼 몸과 마음이 따로 움직이면, 두통과 피로가 밀려올 수밖에 없다. 전형적인 '시차 증후군'이다.

삶 속에서도 시차가 발생할 때가 제법 있다. 나와 맞지 않는 사람과 있을 때, 이 사람과 다른 시공간에 있다는 생각이 들 때가 많다. 업무에서도 마찬가지다. 베테랑과 일하다 보면, 나와 다른 세계의 사람임을 느낄 때가 있다. 이처럼 삶의 시차는 내 삶 곳곳에서 발견된다.

이 삶의 '시차 증후군'의 치료법은 없을까?

다윤이가 자는 시간. 겨우 나만의 시간이 생겼다. 다시, 수잔 발라동을 생각해본다. 그녀도 자신의 삶 속에서 시차를 경험한 사람이란 생각이 들었다. 그렇지 않고서야 〈부자발 무도회〉와 〈숙취〉의 표정이 이렇게 다를 수 없기 때문이다. 수잔 발라동은 자신의 삶 속 시차를 어떻게 극복했을까?

그 해답을 수잔 발라동(1865-1938)은 그림에서 찾았다. 〈푸른 방〉은 놀랍게도 수잔 발라동이 그린 자화상이다. 이전 르누아르, 로트렉이 그렸던 모습과 전혀 다르다. 두 그림은 공통점이 하나 있다. 모두 화가들의 '뮤즈'로서 그린 것이다. 누군가의 시선에서 바라본 그녀였다.

하지만 그녀는 누군가의 '뮤즈'가 아닌, '나'의 의지대로 그림을 그렸다. 마음처럼 복장과 자세도 매우 편안해 보인다. 담배를 문 그녀의 모습에서는 자유분방함이 느껴진다. 이전 그림에서 볼 수 없는 진정한 수잔 발라동의 모습이다.

그렇다! 그녀는 화가가 된 것이다. 누군가의 모델로서 그친 것이 아니라, 자신을 표현하고 싶은 욕망을 직접 화폭에 담는 화가가 되었다. 〈숙취〉 속 그녀의 모습은 삶의 시차 속 증후군이 담긴 표정이었다면 그녀는 극복했다. 그것도 당당하게 말이다! 수잔 발라동은 화가가 되면서, 파격적인 인생을 살았고, 예술계를 주도했다. 여성으로만 그려졌던 누드화의 틀에서 벗어나 자신의 남자친구였던 위테르를 누드모델로 삼아 그렸다. 최초의 여성 아카데미 회원이 되는 영광도 누렸다. 이것은 모두 '객체'에서 '주체'로 자신의 삶의 시차를 줄인 덕분이다.

시차를 해결할 수 있는 치료법은 '나'를 찾는 것이다. 그리고 '표현'하는 것이다. 수잔 발라동처럼, 나도 나만의 삶을 글이란 형태로 그려내고 있다. 어떤 사람들은 이런 나를 보며 비웃기도 한다. 하지만 그럴 때마다 수잔 발라동을 떠올린다. 삶의 시차가 발생하는 곳곳을 자신의 무대로 만들었기 때문이다. 누군가의 '뮤즈'가 아닌, 나만의 '뮤즈'를 표현하는 삶을 살아가야 한다.

수잔 발라동 | 푸른 방 | 1923

디즈니 플러스
새로운 신화

〰〰 커피 몇 잔만 안 먹고 이것 보면 더 이득이란 생각을 했다. 언제나처럼…. 하지만 이것은 내 정신적 속임수임을 난 알고 있다. 내 머릿속 '로키(북유럽 신화와 마블 시리즈 속 속임수의 신)'들은 속임수를 쓴다.

그리고 '완다(마블 시리즈 속 염력을 쓰는 마법사)'처럼 나만의 거짓된 합리적인 세상을 창조한다. 결국, 난 안다. 커피도 다 마실 것이고, 디즈니 플러스도 보고 싶었던 것임을…. 그렇게 난 기존 커피값에 9,900원을 더 쓸 것이면서 디즈니 플러스를 보게 되었다. 왜 디즈니 플러스를 보고 싶었을까?

유발 하라리의 탁견처럼, 우리 호모 사피엔스는 서로를 '속

이기' 위해 상상하고, 관계의 규모를 키워나갔다. 그런 대표적인 것을 보여주는 것이 '신화'다. 우리는 단군 신화로 한민족이 되었고, 서양은 그리스-로마 신화를 통해 정신적 뿌리를 공유하며 정체성을 확립하기 시작했다.

바로크 회화를 대표하는 화가 중 한 명으로 뽑히는 루벤스(1577~1640)는 '회화의 호메로스'로 불린다. 풍만한 여성을 표현하기로 유명했고, 수완도 뛰어나 외교관으로 활약하기도 했다. 그가 그린 '파리스의 심판'을 보자. 파리스는 세상에서 가장 아름다운 여신을 뽑으라는 그 어려운 미션을 수행해야 했다. 제우스는 영리했다. 자신이 빠져나가고 대타로 파리스에게 책임을 떠넘겼기 때문이다. 세 여신은 아테나, 헤라, 아프로디테였다. 여신들은 자신이 가진 능력으로 파리스에게 축복하기로 약속했다.

그림 왼쪽에 있는 여인은 아테나이다. 그녀는 지성미를 상징하며, 지혜와 전쟁의 여신이다. 무구와 부엉이는 아테나를 상징한다. 옆에 있는 아프로디테는 관능미를 보여준다. 에로스가 함께 그려져 있어, 미의 여신임을 알 수 있다. 오른쪽에 있는 헤라는 제우스의 아내이자, 원숙미를 보여준다. 그녀를 상징하는 공작새가 함께 그려져 있다. 누군가의 선택을 받는다는 것은, 다른 누구의 분노를 받는다는 의미이기도 하다. 이때,

페테르 파울 루벤스 | 파리스의 심판 | 1636.

파리스는 알아야 했다. 도망쳐야 했음을….

결국, 세상에서 가장 아름다운 여인을 약속한 아프로디테가 선택받았다. 나라면 어떤 선택을 내렸을까? 파리스 심판은 결국 트로이 전쟁을 가져오는 시작점이었다.

그리스인들은 '트로이 전쟁'을 통해 자신들이 '헬라스'라고 하는 그리스 공동체임을 자각했다. 호메로스의 『일리아드』에 파리스의 심판이 등장하는 이유가 이것이다. 그리스인들은 그들의 역사를 상상과 결합하여 신화로 표현한 것이다.

결국, 신화는 헛된 이야기가 아닌, 그 시대를 반영하는 '비전'의 최대치다. 하지만 이제 그리스-로마 신화는 더 이상 신기하지 않다. 신화 속 일들은 현실이 되어 버렸다. 사람은 하늘을 날고, 새로운 생명을 만들어내고 있기 때문이다. 지금의 인류문명을 본다면, 고대의 그리스-로마인들은 신화 속 세상이라 생각할 것이다.

그런 점에서 지금 나를 포함한 현대인들에게는 서로의 공통된 생각과 '거짓말'을 공유할 수 있는 신화가 필요하다. 그것이 디즈니 플러스의 세계다.

남자의 로망 아이언맨(부와 힘 그리고 기술력), 캡틴 아메리카(힘과 명예 그리고 외모)를 시작으로, 공간적 범위는 지구에서 우주로까지 넓어졌다. 거기다, 이제는 멀티버스라고 하는 다중우주를 통해 시공간을 초월해 버리는 중이다. 이것은 지구와 우주라고 하는 한계를 벗어나고 싶은 현대 인류의 소망과 맞닿아 있다.

이 디즈니 플러스를 통해, 더 큰 '비전'을 상상하게 되고, 우리는 그 비전을 공유하며 현실화시키고자 노력한다. 아이언맨을 보면서 기계용 슈트를 상상하며, 개발했던 것처럼 말이다. 디즈니 플러스를 통해 나는 더 큰 '비전'과 세계, 시공간을 목도하게 된다. 상상하게 된다. 그래서 난 디즈니 플러스를 구독하게 되었다. 물론, 아내에게 이 이야기를 한다면 한마디 할 것이다.

"그냥 보고 싶어서 그런 거잖아!"

"티 났나?"

동굴

~~~~~ 사람들에게는 누구나 자신만의 '동굴'이 있다. 힘들고 지칠 때, 방해받지 않고 들어갈 수 있는 동굴. 나에게 있어 동굴은 암체어다.

퇴근 후, 육아도 끝나고, 고양이 간식도 주고, 목욕도 다 한 P.M 10시 30분. 나는 나만의 동굴인 암체어를 향해 간다. 그 암체어에 누워 하루를 돌아보고, 책을 보며, 잠깐 쪽잠을 잔다. 1평도 안 되는 작은 암체어지만 나만의 동굴이 있다는 것이 너무나도 다행이다. 내가 위로를 받을 수 있는 공간이 있다는 것을 뜻하기 때문이다.

사람이 힘들 때, 자신만의 동굴을 찾는 것은 역사적인 경험
~~~~~

때문이다. 지금으로부터 수만 년 전 선사시대 사람들은 정말 동굴에서 살았다. 상상해보자, 밖을 나가면 선사시대 사람들은 동물의 먹잇감에 불과했다. 그런 그들에게 동굴은 자신의 목숨을 지켜주고, 쉴 수 있는 유일한 안식처였을 것이다. 겨우 살아서 동굴에 돌아왔을 때, 그들은 어떤 생각을 했을까?

그들의 생각을 발견할 수 있는 흔적이 스페인 북부 산타야나 델 마르에 있는 알타미라 동굴에 벽화가로 남아 있다. 대략 기원전 1만 5천 년경~3만 년경으로 추정되는데 구석기 시대 당시의 들소, 말, 사슴, 수퇘지가 그려져 있다.

벽화 속 들소는 정말 눈앞에 있는 것처럼 강렬하다. 선사시대 사람들은 왜 동굴에 들소를 그렸을까? 그것에 대한 힌트를 발견할 수 있는 곳이 있다.

기원전 3만 2000년경의 쇼베 동굴에는 선사시대 사람들의 손바닥이 동물 주변에 그려져 있다. 동물을 잡고 싶었던 그들의 열망이 느껴진다. 선사시대 사람들은 동굴에 들어와 벽화 속 동물들에게서 마음의 평안과 심리적 배부름을 느꼈을 것이다.

또는 동물을 바라보면서 어떻게 사냥을 할지 생각해보고, 내일의 사냥 성공을 기대하며 잠에 빠졌을 것이다. 실제로 동굴 곳곳에 그려진 벽화 속 동물들에는 스크래치가 나 있다. 선사시대인들이 각종 무기를 이 동물들을 향해 던진 것이다.

수만 년의 시간과 공간의 차이가 있지만, 그들과 나의 공통점은 '동굴'을 가지고 있다는 점이다. 그리고 그 동굴에서 무엇과도 비교할 수 없는 행복감을 느낀다. 얼마나 위로가 되는가? 그 공간에 들어온다는 것 자체만으로 행복을 느낄 수 있다는 것이!

나의 동굴, 암체어! 조금 후에 보자!!

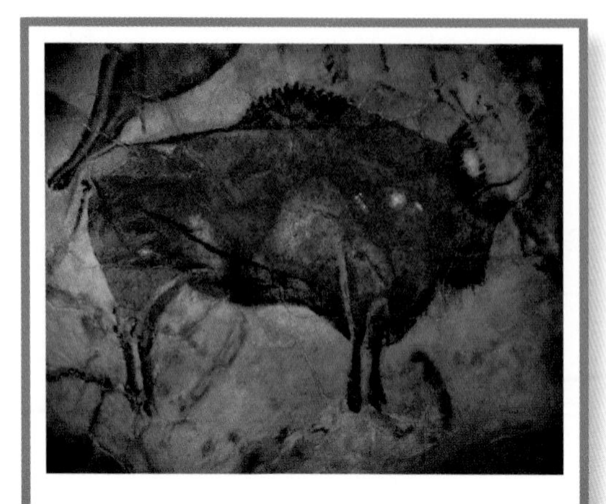

알타미라 동굴 벽화 | 기원전 1만 5천 년경

쇼베 동굴 벽화 | 기원전 3만 년경

상처

~~~~~ 모든 사연에는 이유가 있다. 하지만 마음을 울리는 공명의 순간은 그리 많지 않다. 아내와 함께 여행 간 숲속의 소나무 상처는 내 마음을 두드렸다. 오랜 시간 살아왔을 소나무의 가슴 한쪽에는 크나큰 상처가 나 있었기 때문이다. 인간의 손이 닿아 생긴 자국 속에서 소나무는 얼마나 아팠을까? 이 상처는 송진을 채취하고자 일제강점기에 강제로 긁은 자국이라 한다.

미친 시대에 살았던 소나무는 우리 역사와 닮았다. 일제 강점의 광기는 조선인뿐 아니라 소나무조차도 주권을 잃어버린 시대였다.
~~~~~

시대가 바뀌어 70년이 넘게 흘렀다. 소나무의 송진 상처는 다 아물었지만, 상처는 그 시절의 광기를 여전히 보여준다.

19세기 화가 쿠르베(1819~1877)의 삶도 마찬가지였다. 그가 살았던 19세기 프랑스는 제정이 붕괴되고 파리코뮌과 공화정이 교대로 수립되었던 광기의 시대였다. 개인적으로도 사랑이란 광기의 상처 속에서 평생 독신으로 살았다.

사실주의의 대표적인 화가였던 쿠르베는 〈상처 입은 남자〉를 그렸다. 슬쩍 보면, 한 남자가 눈을 감고 있는 모습이다. 칼에 맞았는지 가슴은 피로 젖어있다. 하지만 엑스레이로 찍은 후 쿠르베에게 상처를 입힌 존재가 칼이 아닌 여자였다는 것이 밝혀졌다. 원래 〈상처 입은 남자〉의 스케치는 쿠르베가 사랑하는 여인 비르지니 비네를 끌어안고 있는 모습이었다. 그러나 몇 년 뒤, 여자는 칼로 대체되고, 쿠르베는 상처 입은 모습으로 바뀌었다. 그녀가 가난한 쿠르베를 버리고, 4살 난 아기와 함께 도망가버렸기 때문이다.

쿠르베에게 있어서는 사랑하는 여인과 헤어짐이 총과 칼이 가슴을 찌르는 것과 같은 충격이 아니었을까?

다시, 소나무를 바라본다. 소나무의 상처는 아물었을지 모르지만, 내 삶 속 상처는 여전하고, 새로 생겨나고 있다. 때론,

귀스타브 쿠르베
상처 입은 남자
1854

소나무의 자연 치유가 부러울 따름이다.

누군가의 거친 말 한마디, 트라우마, 콤플렉스, 여기저기서 들리는 모든 소리와 행동들이 상처가 된다. 소나무는 다행스럽게도 상처를 치유할 시간이 주어졌지만, 나는 어떤가? 사랑의 상처를 그림으로 치유한 쿠르베처럼, 나만의 상처를 치유할 방법을 생각해본다. 소나무의 상처, 쿠르베의 그림이 내 상처로 보이는 순간, 우리는 함께 공명했다.

내 마음의 백신

~~~~~ 백신을 맞으러 가는 날, 가을바람을 느끼고 싶어 걸어서 갔다. 길을 가던 중 오랜 아파트 담벼락 근처에 적힌 글귀가 눈에 띄었다. 실패를 두려워하는 나로서는 이 문구가 큰 위로가 되었다.

"실패했던 일들이 후회로 남는 것이 아니라 시도하지 않은 것만이 후회로 남는다."

실패가 아닌 시도하지 않음이 후회라는 것. 이 문구가 내 머릿속을 돌면서, 피렌첸 여행에서 봤던 웅장한 산타 마리아 델 피오레 대성당(꽃의 성모 마리아)의 돔이 떠올랐다. 피렌체를 대표하는 건물이자, 상징이었던 이 대성당의 돔은 브루넬레스키
~~~~~

(1377~1446)가 만들었다. 대성당의 돔은 무려 50여 년간 공사가 중단된 상태였다. 42m가 넘는 공간에, 4만톤과 4백만 개 이상의 벽돌을 사용하여 돔을 짓는다는 것은 쉬운 일이 아니었다. 당시 사람들에게는 절대 풀 수 없는 난제 중 하나였다. 하지만 이것은 금 세공자 출신이었던 브루넬레스키가 성공하였다. 그가 이 불가능한 미션을 성공할 수 있었던 것은 '실패'를 '시도'로 극복할 줄 아는 사람이었기 때문이다.

브루넬레스키는 피렌체의 실패자였다. 자신만만하게 도전했던 청동문 제작 프로젝트에서 기베르티에게 사실상 패배했다. 충격을 받은 그는 피렌체를 떠나 10여 년간 로마를 돌아다니며 폐허를 뒤지면서 건축에 대한 데이터를 습득한다. 그리고 다시 돌아와 피렌체 대성당 돔 제작 프로젝트에 도전장을 내민다. 다시, 기베르티와 경쟁했고, 승리하여 돔을 완성한다.

완성된 브루넬레스키의 돔은 피렌체를 상징하는 명물이 되었다. 그 유명한 도메니코 디 메켈리노(1417~1491)가 그린, 〈단테의 신곡〉 속에서도 피렌체의 돔이 잘 표현되어 있다. 흥미로운 점은, 단테는 피렌체 출신이었지만, 살아있을 때는 돔을 보지 못했다는 점이다. 1321년에 사망했기 때문이다. 그럼에도 화가는 피렌체의 돔을 그렸다. 이것은 브루넬레스키의 돔이 얼마나 많은 피렌체인들에게 자긍심과 도시를 상징하는 존재로 여겨졌는지 알 수 있다. 특히나, 이 도전적인 돔은 많은 예술가들에게 도전적인 영감을 주었다. 대표적인 이가 레오나르도 다 빈치다. 그는 돔 위에 올리는 구리 공과 십자가 제작에 참여했던 베로키오의 제자였다. 다양한 기기를 통해 돔이 완성되고, 여러 보조 장치가 제작되는 과정을 보면서 레오나르도 다빈치는 기기적인 영감을 많이 받았으며, 자신의 생각을 스케치로 남기기도 했다.

사실, 나는 실패를 매우 두려워한다. 시도도 하기 전에 스스로 좌절하고 무너진 적도 많았다. 브루넬레스키는 어떻게 이 실패를 극복할 수 있었을까? 혹시, 로마로 떠난 것 자체가 대성당의 돔을 완성하기 위한 목적성 있는 여행이 아니었을까? 실제로 로마 폐허와 판테온의 돔 구조를 연구하여 대성당의 돔을 완성할 수 있었기 때문이다. 그는 그동안 업을 삼았던 금세공업자를 포기하고, 건축가로 새롭게 도전했다.

브루넬레스키의 돔과 이 글귀가 내 삶의 백신이란 생각이 들었다. 실패를 왜 두려워할까?

"난 안 돼!"

"해서 뭐해!"

실패보다 더 두려운 것은 자포자기가 아니다.

도메니코 디 메켈리노 | 단테의 신곡 | 1465

"해볼걸…."

미래를 보지 못하고, 시도하지 않는 '용기 없음'이다.

브루넬레스키는 건축가가 되어, 새로운 도전을 했다. 그 모습이 그의 도전을 더 빛나게 한 것인지 모른다.

내 삶이 실패로 점철될 때, 좌절하고 무너지고 싶을 때, '해보자!'가 날 구원하는 백신이 되면 좋겠다. 기억하고자 이 글을 다시 써 본다.

"실패했던 일들이 후회로 남는 것이 아니라 시도하지 않은 것만이 후회로 남는다."

제임스 애벗 맥닐 휘슬러 | 검은색과 금색의 야상곡: 떨어지는 불꽃 | 1875

난시로 본 세상

~~~~~ 난시, 내 눈의 숙명이다. 안경을 벗으면, 세상이 흐릿하게 보인다. 때론, 세상이 술에 취한 것처럼 비틀거리는 것 같다. 안경을 벗으면 순간 불안해진다. 세상이 항상 흔들려 보였기 때문이다. 그 불안을 붙잡고자, 나는 안경을 쓰고 산책을 나갔다.

마스크를 계속 끼다 보면, 안개가 안경을 점령군처럼 차지할 때가 있다. 오늘의 내 안경이 그렇다. 세상이 뿌옇게 보였다. 어쩔 수 없이 안경을 벗었다. 차라리 벗고 산책을 하자!

안경을 벗고 산책을 하다가 새로운 세상을 만나게 되었다. 내 눈의 초점이 흐려지면서, 불빛들이 번져갔기 때문이다. 안
~~~~~

경을 낄 때는 몰랐던 또 다른 세상이다. 안경으로 바라봤던 세상과 전혀 다른 아름다움을 바라볼 수 있었다. 빛들이 번지면서 내 눈의 망막을 자극했다. 흡사, 휘슬러(1834~1903)의 그림처럼 말이다.

검정과 금빛의 야상곡. 떨어지는 불꽃을 형상화한 이 그림은 많은 평론가들의 비난을 받아야 했다. 당대 유명한 평론가였던 러스킨은 이것은 그림이 아니라 물감을 뿌린 쓰레기이며, 돈을 받고 전시하는 것은 사기라고 평가할 정도였다.

화가 난 휘슬러는 그를 고소했고, 결국 휘슬러는 재판에서는 이겼지만 파산하고 말았다. 그에게 있어서는 최악의 순간을 떠올리게 만드는 그림일 것이다.

하지만 나는 이 그림이 그 어떤 불꽃놀이 그림보다 아름답다고 생각한다. 희미한 경계와 번진 물감의 만남은 모든 것이 불확실하고, 항상 실수와 고민 속에서 방황하는 나를 바라볼 수 있기 때문이다. 이 그림은 눈이 아닌, 마음을 보는 그림이란 생각이다. 오늘 그 마음으로만 바라봤던 이 그림이 내 눈에 보였다. 더 잘 보기 위해 쓰는 안경을 벗어야만 볼 수 있는 세상을 그대로 그려낸 것 같았다. 만약 러스킨을 만난다면, 나는 이렇게 말할 것 같다.

“내 눈으로 본 것과 너무 똑같은 그림입니다! 이 그림은 분명 구상적인 그림입니다!”

누군가에게는 물감을 뿌린 쓰레기일지 모르지만, 도리어 자신이 쓴 안경을 벗고 오롯이 바라보면 내 마음을 위로해 주는 훌륭한 그림으로 바뀐다.

가끔, 내가 옳다고 믿는 안경을 벗어보자. 도리어 그 안경에 낀 것들이 현실을 호도하고 있을지도 모른다.

빈틈은
웃는 거야

정진아의 〈틈은 웃는 거야〉라는 시가 있다.
사람에겐 틈이 있으면 안 된다고?
아니, 완벽하려고 하지 마.
벌린 입을 봐 미소를 만들잖아.
틈은 웃는 거야.

~~~~ 완벽함만이 정의라고 생각하는 세상. 그런 세상에서 빈틈은 죄악이다. 하지만, 나는 빈틈투성이다. 구멍 난 빈틈을 메우려 애쓰다 보면, 하루가 끝난다. 그리고 한 달이 지나버린다. 빈틈을 부끄러운 것이라 생각한 적이 있었다. 사는 게 빡빡
~~~~

김홍도 | 주상관매도 | 1806

하고 힘들었다. 그리고 예민해졌다. 또, 나의 틀에 사람을 평가하며 살아가게 되는 것이 많아졌다.

완벽이란 허상에 맞추기 위해 나를 혹사한 결과 나는 지쳤고, 힘들어졌다. 빡빡함 속에서 질식사할 것 같은 날, 보는 그림이 하나 있다.

김홍도(1745~1806?)가 그린 〈주상관매도〉는 빈틈의 극치를 보여준다. '배 위에서 매화를 본다'는 시적인 이름의 이 그림을 실물로 보면, 빈틈이 더 크게 와 닿는다. 길이가 무려 164cm에 달하는 그림이기 때문이다. 김홍도는 어떻게 이 큰 종이에 저렇게 많은 빈틈을 주었을까? 무려 4/5가 비어있다.

이런 궁금증은 김홍도가 쓴 '老年花似霧中看'을 통해 해결할 수 있다. 그렇다. 김홍도는 이 그림을 늙어서 그린 것이다. '늙은 나이에 보는 꽃은 안개 속을 들여다보는 것 같다'는 그의 글귀 속에서 세월의 흐름이 느껴진다.

이 문구를 보고, 다시 그림을 본다. 강물 위의 작은 배 위에 있는 노인이 보인다. 이 노인의 시선에서 바라본 풍경이 〈주상관매도〉 아닐까? 나이든다는 것은 어쩌면, 여백을 두고 중요한 것에 더 집중하는 힘이 생기는 것을 의미하는 것인지도 모르겠다.

배 위의 노인처럼, 살다 보면 빈틈이 지닌 가치를 깨닫게 되는 순간들이 많아지는 것 같다. 비워야 채울 수 있듯이 말이다. 요즘은 나의 빈틈뿐 아니라 타인의 빈틈을 이해하며 사는 것이 삶이란 생각이 든다. 나의 빈틈을 보여주고, 상대방의 빈틈을 인정하는 것. 그것이 삶을 웃게 만드는 힘인지도 모르겠다.

수업 중 학생들의 빈틈이 보인다. 그러나 그 빈틈이 틀린 것이 아닌, 성장의 가능성이란 생각이 들었다. 격려 한 스푼을 그 빈틈에 부어본다.

라파엘로 산치오 | 아테네 학당 | 1510~1511

멘토의 뒷모습

'4년 전 오늘'이라는 메시지가 핸드폰에 떴다. '4년 전 나는 이맘때, 뭐 하고 있었지?'라는 궁금증이 생겼다.

나와 아내는 로마에 있었다. 그 뜨거웠던 날씨의 기분과 문화유산을 보며 황홀했던 순간들이 떠올랐다. 4년 전의 내 삶의 유산들을 하나씩 넘기다, 바티칸 시국의 사도 궁전의 서명 방에서 봤던 라파엘로의 〈아테네 학당〉이 눈에 들어왔다.

〈아테네 학당〉은 라파엘로(1483~1520)의 상징적인 그림 중 하나이다. 그럴 만도 하다. 서양 철학계의 '멘토'를 다 그려놓았기 때문이다. 센터에서 하늘을 손가락으로 가리키며 이데아의 중요성을 설명하고 있는 플라톤과 반대로 손바닥을 아래로 가리키며 현상을 이야기하는 아리스토텔레스를 중심으로 54명의 철학자가 그려져 있다. 라파엘로는 왜 이 그림을 그렸을까? 그것은 바티칸 내 도서관으로 사용되었던 '서명의 방'을 장식하기 위해서 철학과 신학, 시와 법률을 주제로 그림을 그려야 했기 때문이다. 그중 철학과 관련된 내용이 〈아테네 학당〉이다. 이 벽화를 보면서 나는 '멘토'에 대한 이야기가 생각났다.

'멘토'는 『오디세이아』에 등장하는 오디세우스의 친구 '멘토르'에서 유래했다. 그는 오디세우스의 아들 텔레마코스를 가르쳤다고 한다. 태어난 지 얼마 안 된 상황에서 트로이 전쟁에 참여한 아버지 오디세우스를 대신하여, 20년간 텔레마코스의 스승 역할을 멘토르가 담당했다. 그래서 멘토르는 스승을 의미하는 멘토의 어원이 되었다.

삶 속에서 여러 명의 멘토를 만날 때가 있다. 나에게 있어, 가장 큰 멘토는 신규교사 시절 내 옆자리 선생님이셨다. 그분은 나에게 많은 격려와 위로를 해주셨고 교사로서 방향성을 잡을 수 있었다.

내 마음이 트로이 전쟁에 참여한 오디세우스처럼 불안하고 초조하며 방황할 때, 나에게 큰 힘이 되어 주신 분. 1년에 주기적으로 만나 커피 한 잔을 마시고, 이런저런 이야기를 나눈다. 그

때마다 그분은 여전히 나에게 삶의 방향성을 발견하게 해준다.

제법 내 머리가 커져 버렸고, 교사 생활의 노하우도 많아졌지만, 그분의 이야기는 나에게 많은 울림을 준다. 사실, 나이가 차면 찰수록 남의 좋은 점, 이야기, 조언을 듣기가 점차 어려워진다. 마음이 거부하고, 튕겨낼 때가 있다. 그럴 때일수록, 공자가 말한 것처럼 내 주변에 이미 멘토들이 가득하다는 것을 기억할 필요가 있다.

나는 교사다. 교사는 반면교사의 의미도 파악해야 하는 직업인 것 같다. 멘토는 때론, 본받고 싶은 사람이기도 하지만, 본받지 말아야지 하는 사람도 포함된다. 그러므로 나의 작은 행동 하나도 돌이켜 보아야 한다. 누군가의 부정적인 멘토가 되지 않기 위해서 말이다. 학생들에게 보여줄 내 뒷모습도 생각해본다.

그런 점에서 멘토를 항상 상기할 수 있도록 해두는 것들이 주변에 있으면 좋겠다는 생각이 들었다. 율리우스 2세가 라파엘로에게 〈아테네 학당〉을 그려달라고 했던 이유도 여기에 있었던 것은 아니었을까? 라파엘로도 마찬가지였던 것 같다. 그는 이 그림 속에 자신의 멘토들을 담아냈다. 라파엘로는 원근감 있는 공간 구사와 탁월한 분위기 묘사를 레오나르도 다 빈치의 화풍에서 따왔다. 그는 존경심을 담아, 플라톤의 얼굴로 장식했다. 새로운 역동적인 인체적 표현으로 그를 놀랍게 만들었던 미켈란젤로는 '만물이 유전한다'는 말을 했던 헤라클레이토스로 표현했다. 흥미로운 점은 그림 하단에 외롭게 돌 위에서 고뇌하고 있는 모습으로 그린 것이다. 평소 대인관계가 좋지 못하고, 고집이 강했던 미켈란젤로의 특징이 잘 담겨 있다. 이외에도 라파엘로는 자신이 성공할 수 있도록 이끌어준 동향의 브라만테를 기하학의 대가 유클리드로 표현했다. 그리고 그의 무리 속에 자신의 자화상은 브라만테의 수행원 중 한 명으로 그려 넣었다. 나는 이 점이 라파엘로를 가장 젊은 나이에 르네상스 3대 예술가로 끌어 올린 원동력이라고 생각한다. 삶 속 멘토들을 찾는 것. 그리고 기억하며 살아가는 것. 그것이 라파엘로가 〈아테네 학당〉을 통해 말하고 싶었던 것은 아닐까? 라파엘로의 말이 들리는 듯하다.

"자신만의 〈아테네 학당〉을 그려보세요!"

비움과 채움

~~~~~ 우리 집 고양이 '강이'는 다윤이의 수유 쿠션을 호시탐탐 노리고 있었다. 조금씩 슬금슬금 다가오더니, 어느 순간부터는 수유 쿠션의 빈 공간을 자기 침대처럼 쓰고 있다. 가만히 놔뒀더니, 이제는 자기 침대로 알고 있다. 내 딸이 자러 가는 시간이 되면, 강이는 회사에 출근하는 직장인처럼 자신의 몸을 침구류의 부족한 공간에 채워 놓는다. 자세히 바라보니, 이것은 '태극'이 아닌가?

태극은 조화를 의미한다. 성리학에서는 태극을 우주 창조, 세계의 운영 원리와 연관하여 이해했다. 이것이 가장 잘 반영된 그림 중 하나가 겸재 정선(1676~1759)의 〈금강산전도〉이다.
~~~~~

정선
금강전도
1734

진경산수화를 창시한 정선은 우리나라의 경치를 최대한 유사하게 그리면서도 자신의 의도에 맞게 표현하는 데 능숙했다.

1만 2천 봉으로 대표되는 금강산을 한 폭의 그림으로 담기 위해, 정선은 큰 태극처럼 표현하였다. 음양의 원리에 맞춰 봉우리의 형태를 다르게 그렸다. 오른쪽은 돌산, 왼쪽은 흙산으로 표현하여 음양의 조화를 맞추고자 했다. 각양각색의 봉우리를 음양의 조화에 맞춰 태극으로 구현한 정선의 솜씨가 놀라울 따름이다. 만약, 돌산 혹은 흙산으로만 표현했다면 지금과 같은 조화로운 그림의 느낌과 전혀 달랐을 것이다. 서로의 부족함을 채워주는 태극의 조화가 잘 반영된 그림이다.

부족함을 채워주며 공존하는 것. 강이가 침구류의 부족한 공간을 자신의 몸으로 채움으로써 〈금강전도〉와 같은 조화를 이뤘다는 생각이 들었다. 강이를 보면서, 나의 단점을 보완해 주는 대상들이 떠올랐다. 특히나 내 아내가 그렇다. 힘들 때, 나를 위로해 주는 그녀의 말 한마디.

별것 아닌 것처럼 툭툭 이야기하지만, 많은 도움이 된 것을 알게 된다. 나의 부족함을 채워주는 존재들에게 감사하며, 나 또한 그들의 부족함을 채워주는 존재라는 점을 잊지 말아야 할 것이다.

그래서

당신도 귀하고,

나도 귀하다.

커피

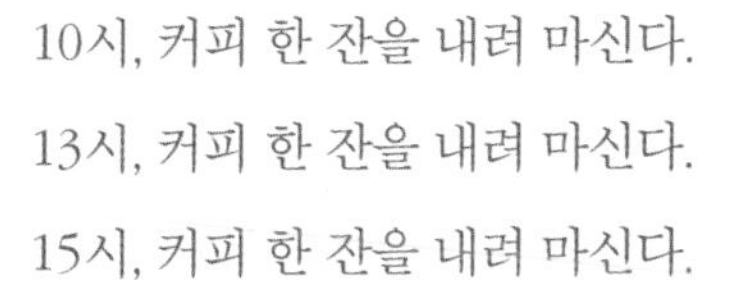

10시, 커피 한 잔을 내려 마신다.

13시, 커피 한 잔을 내려 마신다.

15시, 커피 한 잔을 내려 마신다.

하루 3잔의 커피는 내 피를 끓게 만든다. 커피가 없는 내 하루는 상상할 수 없다. 카페인이 내 몸의 혈관을 타고 돌아야 하루의 일을 시작할 수 있을 것 같다. 이것은 나만 그런 것은 아닐 것이다. 커피의 효능을 가장 주목했던 나라 중에 미국이 있다.

세계 2차대전 중 이탈리아와 프랑스는 와인으로 전쟁의 피로를 이겨내려 했다. 하지만 미국은 커피로 피로를 이겨냈다. 와인 대신 커피, 물 대신 커피, 커피 한 잔, 두 잔을 마실 때 미국 군인들은 전쟁 속 두려움을 극복할 수 있었다.

나도 그렇다. 삶이 전쟁과 유사하다고 한다면, 나에게 커피는 전쟁의 두려움을 잊는 진정제가 될 것이다.

혹자에게 커피는 술과 동일시되는 것일 수 있다. 술과 커피는 이름만 다를 뿐, 사실은 동의어다. 카페인이든, 알코올이든 사람들을 순간적으로 힘나게 만들기 때문이다.

그런 점에서 카라바조(1573~1610)의 〈젊은 바쿠스〉는 이런 상황을 너무나도 잘 보여주는 그림이다. 카라바조는 빛과 어둠을 극단적으로 사용한 키아로스쿠로를 통해, 그림을 연극적으로 표현했던 화가다. 그가 프란체스코 델 몬테 추기경의 의뢰를 받아 그린 바쿠스는 상당히 젊다. 바쿠스는 디오니소스라고도 불리는 '술의 신'이다. 발효주를 상징하는 여러 과일이 바쿠스 앞에 놓여 있다. 그리스-로마인들은 바쿠스를 '풍요의 신'으로 여기기도 했다. 그것은 풍요로운 결실을 맺어야, 술을 담을 수 있기 때문일 것이다. 또한, 해방자로 불리기도 했는데, 이것은 술을 마셔본 이들이라면 어떤 의미인지 알 것이다.

이렇게만 본다면, 바쿠스가 상당히 긍정적인 신으로만 보일 것이다. 하지만 바쿠스는 '광기의 신'이기도 하다. 술의 속성을 잘 보여주는 신이라 할 수 있다. 카라바조는 〈젊은 바쿠스〉에서 이런 양면적 특성을 지닌 바쿠스를 잘 표현했다. 풍요로움을 상징하는 과일들이 조금은 시들어 있기 때문이다.

그런 점에서 바쿠스는 '진정제의 총량'에 대해 생각하게 한다. 아무리 좋은 것도 총량이 있다. 커피와 술도 마찬가지다. 하루 한두 잔을 마셔야 좋다는데, 나는 석 잔째다. 그것도 매일. 이런 총량을 넘은 커피의 카페인은 점점 내 핏속에 쌓여 날 더 일하게 하고, 몸을 축내게 한다. 피로를 잊고자 마신 커피가 도리어 내겐 몸을 축내게 만드는 원인을 제공하는 것이다.

카라바조는 〈병든 바쿠스〉도 그렸다. 그는 이 그림을 통해 술의 폐단을 잘 보여주었다. 병색이 완연한 바쿠스처럼, 우리의 삶도 피폐해질 수 있다는 교훈을 담고 있다. 혹시 좋아서 시작한 일이, 어느덧 내 삶을 피폐하게 만들고 있지는 않을까?

그 시작이 선이었다고 해서, 그 결과가 선으로 끝나지 않음을 살다 보면 깨닫게 된다. 과잉과 부족 사이의 경계선을 살리면서 살아가는 것. 커피를 한잔하며 생각해본다.

미켈란젤로 메리시 다 카라바조 | 젊은 바쿠스 | 1597

미켈란젤로 메리시 다 카라바조 | 병든 바쿠스 | 1593

반려

'질병'

~~~~ 고질병이 있다. 방학이나 개학을 앞두면, 몸살감기가 반드시 찾아온다. 이번에도 어김없다. 방학을 시작하자마자 난 누워만 있어야 했다. 이제는 예상 가능한 일 중 하나가 되어 버렸다.

아내는 나에게 알약을 건네며 쉬라고 말했다. 알약을 받아 먹으며, 무기력해진 몸을 추슬렀다. 하루 내내 잠만 자기도 했고, 약발이 돌면 일어나 육아를 해야 했다. 서러웠다. 왜 나는 이렇게 주기적으로 아픈 것일까?

나는 건강하게 살고 싶어서 매일 운동도 하고, 음식도 조절하며 먹는다. 그런데 왜 난 이렇게 아프단 말인가.
~~~~

그때, 강이와 산이가 보였다. 두 고양이를 보다가 이 몸살이 내 몸의 반려 '질병'이라는 생각이 들었다. 나만의 반려 질병. 언제나 나를 따라다니는 녀석, 잠깐 잊고 있으면 나에게 사료를 달라고 짖는 강이와 산이처럼, 나의 몸이 잠시 허약해지면 찾아와 나를 쉬게 만드는….

그렇게 생각하고 보니 마음이 편안해졌다. 예측 가능한 나의 반려 질병을 나는 어떻게 대해야 할까?

질병을 생각하니, 뭉크(1863~1944)가 떠올랐다. 삶 자체를 죽음의 두려움과 질병 속에서 살아야 했던 뭉크는 누이의 죽음을 그림으로 남겼다. 병든 소피와 그 옆에서 좌절하는 이모의 모습을 그림으로 그리면서, 뭉크는 어떤 생각을 했을까?

사실, 그에게는 유독 일생 중에 이런 비극들이 자주 일어났다. 뭉크가 5살 때, 어머니는 폐결핵으로 죽었다. 14살 때, 누나 소피아가 죽었다. 그리고 자신도 스페인 독감에 걸려 죽을 뻔했으며, 요양원에서 정신과 치료를 받기도 했다.

뭉크의 삶 자체가 죽음과 질병을 떼어 생각할 수 없었다. 그의 그림에 항상 두려움과 공포가 담겨 있는 이유이다. 〈병든 아이〉는 뭉크가 계속해서 손질을 보며 6번이나 같은 주제의 그림을 그릴 정도로 뭉크의 삶을 함께한 반려 '질병'이었다.

에드바르트 뭉크 | 병든 아이 | 1885-1886

이 그림을 처음 본 관람객과 평론가들은 '덜 그린 그림'으로 평가했지만, 스승 한스예거는 '깊은 슬픔이 녹아 있는 완성도 높은 그림'으로 평가했다. 이 말을 들었을 때, 마음속 한편에 굳어있던 뭉크의 마음이 녹아내렸을 것 같다.

뭉크를 생각하다, 다시 내 '몸살'이 생기는 이유를 떠올려 봤다. 반려 질병인 '몸살'이 생기는 이유는 제한된 에너지를 너무 많이 써버렸기 때문이다. 그 순간마다 내 몸은 혹사당했던 것이다. 하지만 난 그것을 인지하지 못하고, 계속 달렸다.

이것은 강이와 산이가 와서 부비거릴 때, 밥 달라는 신호란 것을 알고 사료를 줬으면 끝날 일을, 난 끝까지 외면했다. 그러자, 그 녀석들이 아무 곳에나 오줌 싸고, 울어서 다윤이를 깰 때까지 놔둔 꼴이다.

나의 반려 질병. 원인을 알았다. 그렇다면, 어떻게 해야 할까? 알약처럼. 사후적으로 약을 먹어야 하나? 아니다. 그들의 존재를 충분하게 인정하며, 중간중간 휴식을 취해줘야 한다. 뭉크처럼. 자신의 가족사 속 슬픈 질병과 죽음을 자신만의 그림으로 담아냈듯이….

"나는 나의 병이 치료되는 것을 원치 않는다. 내 정신병은 나의 그림에 도움이 되기 때문이다. 나에게는 그림 이외에 가족은 없다."

그의 말이 마음에 와닿는 이유다. 하지만 내 성격상 그것은 쉽지 않다. 스스로 제동을 거는 것. 달리지 말고, 잠깐 걷는 것.

알면서도 어렵다.

고양이 키우는 것처럼….

밀키트

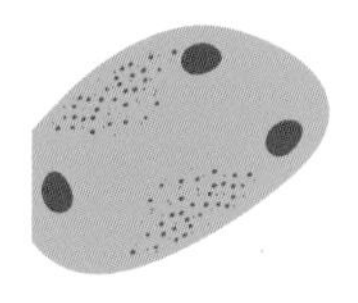

～～～～～ 집에서 음식을 자주 먹게 되면서, 밀키트 구매량이 늘어났다. 편하게 먹을 수 있고, 직접 음식을 하는 것보다 저렴하기 때문이다. 또, 퇴근길에 판매점이 많이 생긴 것도 이유로 뽑을 수 있다. 새로 생겼는데, 그냥 지날 수 없지 않은가?

밀키트를 사서 먹으면서 배달음식이 줄어들었고, 음식솜씨도 좋아지기 시작했다. 제법 요리 도구들도 능숙하게 사용하게 되었기 때문이다. 밀키트 덕분이다.

세상에는 밀키트 같은 역할을 하는 것들이 있다. 쉽게 접근할 수 있도록 만들고, 이전보다 더 나은 삶을 살 수 있도록 도와주는 매개체.

그림에도 그런 '밀키트'가 있다. 18세기 후반~17세기 초반에 유행한 '신고전주의' 그림이다. 이 그림들은 '원근법'과 같은 르네상스 이후 기법들을 활용하여, '역사화'를 이상적으로 표현하는 것이 목적이었다. 그래서, 신고전주의 화풍의 그림은 주로 아카데미의 기본적인 그림 형태가 되었다. 그래서 이 시기의 그림은 상당히 도식적이다. 자크 루이 다비드(1748~1825)의 〈소크라테스의 죽음〉이 대표적이다. 그림 속 주제는 소크라테스의 죽음을 다루고 있다. 여기서 소크라테스는 상당한 근육질의 이상적인 신체로 표현되어 있다. 신고전주의의 특징을 잘 보여준다. 정돈되고, 메시지가 분명하다. 신고전주의 그림들은 주제가 명확하기 때문에, 처음 그림을 볼 때 이해하기 쉽다는 장점이 있다. 또한 이성적인 표현을 통해 보는 이로 하여금, 교훈도 얻을 수 있다. 그래서 처음 그림을 볼 때 어렵지 않게 감상할 수 있다.

하지만, 밀키트만 먹으면 질리기 마련이다. 그림도 그렇다. 아무리 훌륭한 신고전주의 그림도 점차적으로 도식적인 그림들이 기준이 되면서 화가의 감정을 제약한다는 문제점들이 생겨났다.

이런 상황에 불만을 품은 화가들이 등장했다. 바로 모네(1840~1926)를 대표로 하는 '인상주의'자들이었다. 빛의 변화를

자크 루이 다비드 | 소크라테스의 죽음 | 1787

주제로 빠르게 그림을 그렸다. 그렇다 보니, 신고전주의와 같은 그림이 나올 수 없었다. 원근법은 무너지고, 붓질은 투박했다. 모네의 〈인상-해돋이〉가 대표적이다.

〈인상-해돋이〉는 〈소크라테스의 죽음〉에 비해 상당히 완성도가 떨어져 보인다. 심지어, 형태도 뭉개져 있어, 무엇을 그린 것인지 명확해 보이지도 않는다. 처음 이 그림이 전시될 때, 모네가 이야기하지 않았다면 르아브르 항구가 배경이었다는 것을 아무도 몰랐다고 한다. 그래서 도록을 작성하는 사람이 모네에게 이름을 새롭게 해달라고 말했고, 모네는 〈인상-해돋이〉로 정했다.

이것은 밀키트를 뛰어넘어, 자신만의 음식을 만들어 보는 것과 같다. 물론, 밀키트보다 맛없을 수 있다. 인상주의 그림들도 처음에는 이런 애매모한 형태 때문에 많은 비판을 받았고, 조롱의 대상이었다. 프랑스 신문기자 루이 르누아는 모네의 그림을 보며, '인상파'라 비아냥거렸다. '벽지보다 못한 작품'이란 평가는 당대 모네에게 많은 스트레스를 주었을 것이다. 물론, 모네도 이런 치욕적인 평가를 받을 것이라 생각했을 것이다. 사실, 모네가 그린 〈루엘 풍경〉을 보면 매우 훌륭한 모사가라는 것을 알 수 있다. 청명하고 맑은 풍경화를 그렸던 모네.

클로드 모네 | 인상-해돋이 | 1872

그가 그린 풍경화는 그런 점에서 '신고전주의'처럼 분명하고 명확한 아케디믹한 그림이었다. 하지만 모네는 시대의 변화를 파악했고, 자신의 그림에 반영하기 시작했다. 조롱도 잠시, 시간이 흐르면서 모네를 중심으로 한 인상주의 화가들은 현대 미술의 시작점으로 인정받고 있다. 그것은 인상주의자들은 자신만의 시선에서 주제를 발견하고 자신의 느낌을 그렸기 때문이다.

결국, 나만의 요리를 생각하고 도전하는 단계가 필요하다. 밀키트는 그 단계를 위한 디딤돌이다. 요리를 전혀 하지 않았던 나로서는 밀키트가 요리를 위한 디딤돌이었음을 깨닫는다. 덕분에 프라이팬에 이것저것 구워보고, 밀키트에 다양한 식자재를 넣어볼 수 있는 계기가 되었기 때문이다.

실제로 많은 사람들은 신고전주의 그림을 보면서 안정적이고, 이성적인 느낌을 가지지만 쉽게 물린다. 반대로, 인상주의 그림에서는 불분명한 선과 주제 속에서 평안함을 느낀다. 그것은 자신만의 생각으로 그림을 바라볼 수 있기 때문이다. 인상주의 그림이 가진 힘이다. 이후에는 점차적으로 뚜렷한 형태가 없는 추상회화를 감상하는 것도 좋다. 자신만의 생각으로 그림을 바라보고, 해석하는 것은 흡사, 자연 속 식자재로 자신만의 요리를 만드는 것과 같다.

삶에서 편하게 접근할 수 있는 밀키트들을 찾아본다. 그리고 그다음 단계를 위해 시도를 해보는 것. 밀키트로 시작해서 나만의 것을 만들어내는 것. 남이 주는 음식이 아닌, 내가 만들어 먹는 음식을 만들어내는 것처럼. 삶도 남이 주는 밀키트가 아닌, 내 밀키트, 내 레시피를 고민해야 하는 이유다.

바람

~~~~~~ 카페 창문 너머로 천들이 흩날린다. 천은 혼자서는 움직일 수 없다. 누군가의 힘 때문에 흔들리고 있다. 바람이다. 바람은 눈에 보이지 않지만, 천을 흔들 정도로 강력하다. 자신의 존재감을 천을 통해 드러내는 순간이다. 바람은 눈에 존재하지 않지만, 분명 존재하는 힘이다.

이런 바람의 속성 때문에 바람은 '눈에 보이지 않는 것을 보여주는 힘'을 의미한다. 때론, 누군가에게 바람은 매서운 삶을 살도록 만드는 눈보라 같은 존재이다. 고야(1746~1828)가 그린 〈겨울〉이 그런 바람의 무서움을 잘 보여준다.

원래 고야는 스페인의 대표적인 낭만주의 화가로서 화려하
~~~~~~

프란체스코 데 고야 | 겨울 | 1786

고 따스한 활동적 색채를 구사했었다. 그리고 경쾌한 분위기로 왕과 귀족의 사랑을 받았다. 그렇게 궁정화가로서 승승장구했던 화가였다. 하지만 어느 순간부터 인간의 어두운 면과 광기를 그리기 시작했다.

그 원인은 그가 살았던 시대와 삶에서 찾을 수 있다. 누군가의 말처럼, 인생은 "시대란 씨줄과 인생이란 날줄의 만남"이다. 고야가 살았던 스페인은 외우내환의 상황이었다. 나폴레옹을

잭 스펄링
1866년 티 레이스 중의 바다 위 아리엘호와 태핑호
1926

필두로 한 프랑스는 스페인을 점령했고, 스페인 내부는 부패로 썩었으며, 종교재판이 빈번하게 일어난 광기의 시대였다. 개인적으로는 청력을 잃었으며, 세상과 단절된 삶을 살아야 했다.

그가 그린 〈겨울〉은 계절의 4부작 중 하나로서 매서운 바람이 느껴진다. 겨울 속 한파와 삭풍 속에서 험난한 앞길을 가야 하는 이들의 모습을 잘 보여준다. 이처럼 바람은 사람들의 마음과 몸을 움츠러들게 만든다. 나도 그런 일이 있었다. 실패와 좌절 속 누군가의 독설, 비아냥, 부당한 대우와 평가 속에 마음이 쓰렸고, 잠이 오지 않았다. '지금 하는 직업이 맞을까?' 라는 회의감도 한두 번이 아니었다. 이런 인생의 바람이 너무 강하면, 사람을 만나기조차 싫어지고, 인생에 대한 회의감도 든다.

하지만 모든 바람이 매서운 것은 아니다. 도리어, 내 삶을 원하는 목적지로 이끄는 순풍의 역할도 하기 때문이다. 잭 스펄링(1870~1933)이 그린 〈1866년 티 레이스 중의 바다 위 아리에호와 태핑호〉가 그렇다. 그림은 1866년 런던의 템스강 하구에 태핑호를 따돌리며, 아리엘호가 먼저 들어오는 장면을 포착한 것이다. 중국 푸저우 항에서 런던까지 무려 3개월간의 레이스의 최종 승자는 아리엘호였던 것이다. 아리엘호가 승리할 수 있었던 것은 바람을 잘 통제했기 때문이다.

바람은 양날의 검이다. 때로는 내 인생의 삭풍이지만, 목표를 이룰 수 있도록 도와주는 순풍이자 에너지가 될 수 있다. 그런 면에서 더 중요한 것은 바람의 종류와 상관없이, 그것을 잘 통제할 수 있는 능력이다. 아리에호처럼 말이다. 언제나 그러하듯 말이 쉽다. 현실은 그런 것을 생각할 겨를조차 없을 때가 많기 때문이다.

다시, 카페 밖의 바람에 흔들리는 천을 본다. 내 삶을 흔들리게 만드는 바람은 무엇일까? 그 이유를 안다면, 흔들린다는 것을 더 불안해하지 않을 수 있을까? 천에게 묻고 싶다. 너에게 바람은 두려움이니, 설렘이니?

월동

~~~~~ 가을 날씨가 너무 좋다. 바람도 선선하게 불고, 햇빛도 강하지 않다. 최상의 날씨. 어디 나가서 놀기에 좋은 날씨다. 이 좋은 날씨에 딱 어울리는 그림이 하나 있다. 바로 밀레이의 그림이다. 그는 영국 빅토리아 여왕 시기 대표적인 '라파엘 전파' 화가 중 한 명이었다. '라파엘 전파'는 라파엘로 이전의 시기, 즉 14~15세기 이탈리아 미술로 돌아가 고전적이고 섬세하며 꾸밈없는 자연을 묘사하는 데 목표를 둔 예술 단체였다. 그만큼 낭만적이면서도 사실적이며, 아름다운 그림들을 많이 그렸다. 라파엘 전파의 한 명이자, 영국 로얄 아카데미의 회장이기도 했던 밀레이(1829~1896)는 넉넉한 분위기의 황금
~~~~~

들녘과 평화로운 분위기를 그림으로 표현했다.

그림의 제목은 〈눈먼 소녀〉이다. 그림 속 소녀는 눈을 감고 무릎에는 손풍금의 일종인 콘서티나를 올려놓고 있다. 아마도 콘서티나를 통해 생계를 유지하는 것처럼 보인다. 그렇다고 이 소녀가 처량하거나 안쓰러워 보이지만은 않는다. 그녀의 손을 주목해서 보면, 동생의 손을 꼭 붙잡고 있다. 그렇다. 그녀는 눈이 멀어 세상을 보지 못하지만, 체온을 통해 동생의 존재를 느끼며 행복해하고 있다. 눈이 멀었다고 해서, 동생을 보호해 주지 못하는 것은 아니다. 도리어 눈을 뜬 동생이 언니를 의지하고 있지 않은가? 머리를 감싸고 있는 숄은 동생을 감싸고 있으며, 머리 위에는 나비들이 날아다닌다. 나비는 영혼이 아름다운 사람을 상징한다고 한다. 그녀가 얼마나 맑은 영혼의 소유자인지 알 수 있다. 무지개와 황금 들판은 이 두 소녀의 희망찬 미래를 보여준다. 무지개는 '약속'을 의미하는 상징적 의미를 지니고 있기 때문이다. 이 그림이 그려질 당시의 영국은 산업혁명으로 인해 많은 이들이 가족과 고향을 등져야 했다. 이 소녀들도 혹시 그들 중 한 명은 아니었을까? 하지만 서로를 통해 그녀들은 위로와 희망을 발견하게 될 것이다. 어쩌면 그들 자체가 서로의 '무지개'라는 생각이 든다.

존 에버렛 밀레이 | 눈먼 소녀 | 1856

이 그림을 떠올리고 나니, 아름다운 이 풍경을 바라보며 산책할 수 있음에 감사했다. 그러다, 산책로에 있는 고양이 집을 발견했다. 겨울이 곧 다가온다는 것을 알려주듯, 누군가 고양이 집을 따듯하게 꾸며 놨다. 거기다 혹시 비 와서 고양이 밥이 상할까, 간이식당까지 설치해놨다. 현실 속 〈눈먼 소녀〉처럼 고양이를 돌보는 사람은 누구일까?

자신의 돈을 들여서 이 고양이 집을 만든 사람이? 그 사람은 분명, 고양이를 사랑하는 사람일 것이다. 사랑은 사람의 시간과 집중을 빼앗는 힘이 있기 때문이다. 고양이가 비에 맞아 처량해 보였던 것일까? 추운 겨울 속에서 고양이가 얼어 죽을까, 미리 준비해 주는 그 사람. 그 사람의 섬세함은 여기서 끝나지 않는다. 고양이 집 위에 이런 문구가 쓰여 있었다.

'냥이를 예뻐해 주시는 분들. 냥이에게 사람 먹는 음식을 주지 말아주세요. 가능하면 깨끗한 물을 자주 갈아주시면 감사하겠습니다. 냥이는 물을 먹지 못해 질병에 걸리기 쉬워요! 냥이가 건강할 수 있게 배려해주시는 분들 감사합니다~!'

고양이를 잘 알고, 진정한 배려가 무엇인지 아는 사람인 것 같다. 이 사람 덕분에 고양이는 겨울을 잘 이겨낼 수 있을 것이다. 이 사람의 마음 씀씀이를 보면서, 누구나 마음속에 찾아오는 힘듦을 생각해 봤다.

누구나 힘들지만, 그 힘듦을 이겨내는 사람도 있다.

그 사람들 곁에 혹시 꾸준하게 보호해주는 존재가 있었던 것은 아닐까? 토닥토닥 해주는 그 존재가 삶의 겨울이 다가올 것을 대비하여 미리 월동을 준비해 준 것은 아닐까? 〈눈먼 소녀〉의 언니처럼 말이다.

차가운 겨울처럼, 마음이 시릴 때가 있다. 이럴 때는 유독 슬픔, 분노, 배신, 허탈, 우울의 감정이 뒤섞인다. 마음이 무너지고, 몸이 무너질 때가 있을 때. 날 위로해주는 존재들 덕분에 내 삶의 겨울을 잘 견딜 수 있는 것이다.

고양이는 알까? 자기를 위해 월동 준비를 해주는 저 사람의 마음을. 아마도 알 것이다. 온기 가득한 따뜻한 손길로 자신을 쓰다듬어 줬던 사람 중 한 명일 테니. 내 삶의 겨울을 쓰다듬어 준 존재가 있음을, 내 겨울의 월동을 준비해 준 존재가 있음을 돌아보는 시간이다.

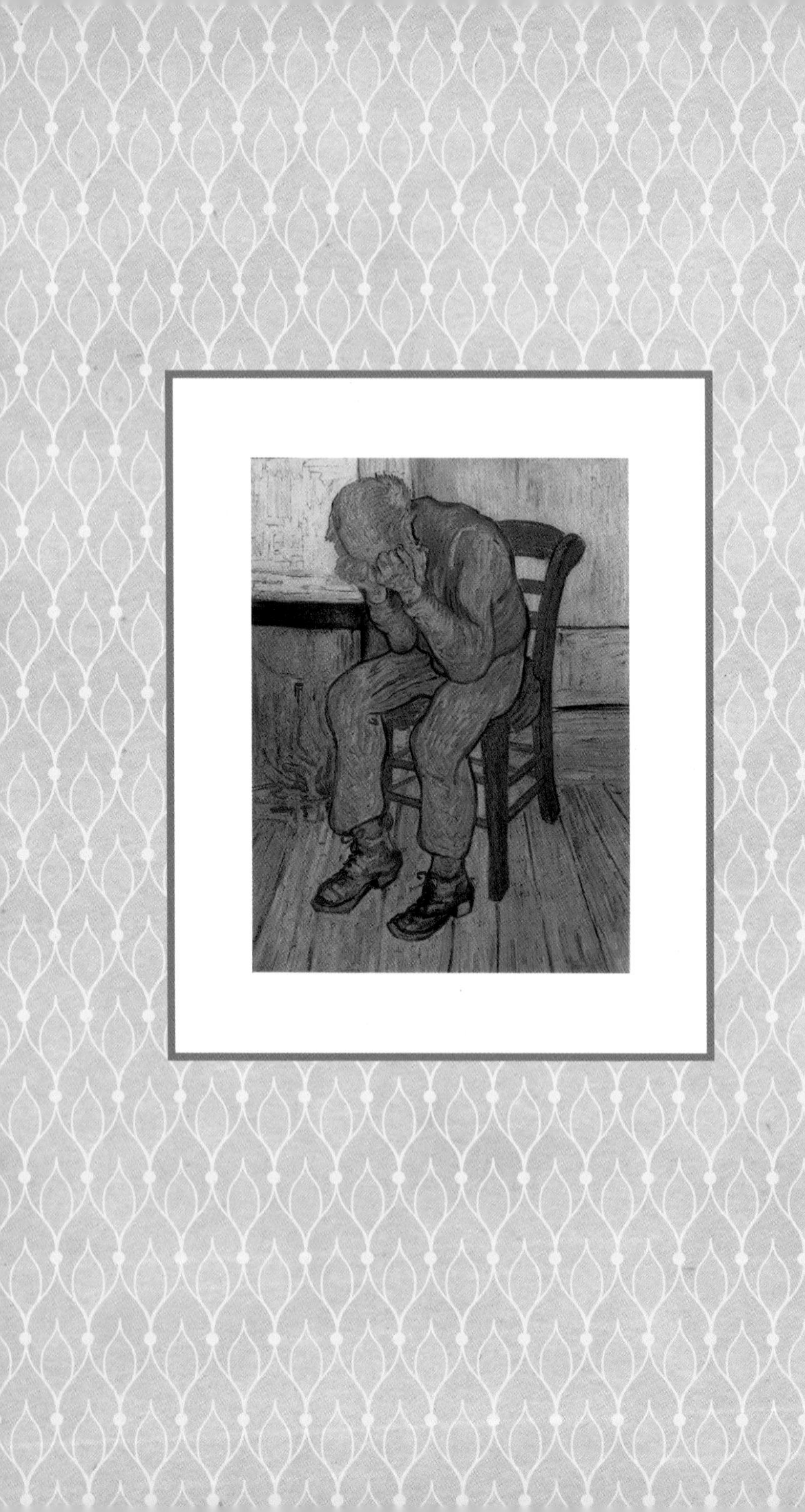

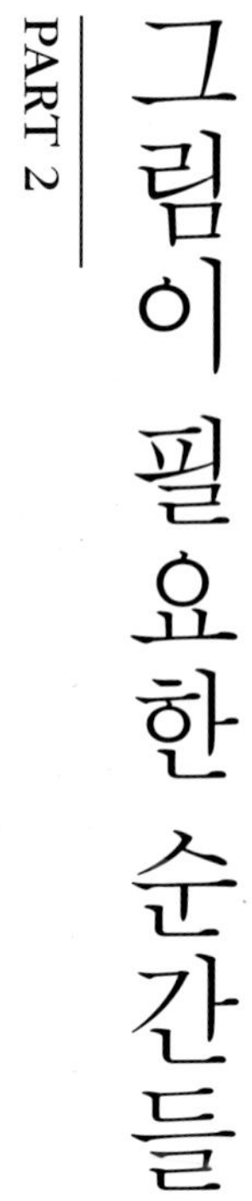

PART 2

그림이 필요한 순간들

에드가 드가 | 발레 대기실 | 1872

월요병 처방전

직장인들에게 월요일은 어떤 의미일까? 나에게는 '불안'을 의미한다. 내가 이미 '알고' 있는 불안의 세계로 가야 한다는 두려움이 엄습하기 때문이다. 그것은 나만의 생각이 아닐 것이다. 나는 월요일 하면 떠오르는 그림이 하나 있다.

드가(1834~1917)의 〈발레 대기실〉이다. 부유한 은행 지점장의 아들이었던 드가는 법대를 그만두고, 화가가 되었다. 드가는 인상주의 화가들과 친했으면서도, 그들이 추구하는 야외 풍경화나 빛에 대한 색 표현에 대한 생각에 대해서는 동의하지 않았다. 대신 카메라를 통해 인상적인 한 장면을 찍거나 기억하여, 그림으로 그렸던 화가다.

드가가 그린 주제 중에는 발레와 관련된 것이 많다. 그것은 경제적 어려움이 생겨, 잘 팔리는 그림 주제 중 하나였던 발레리나를 그려야 했기 때문이기도 하지만, 발레의 역동적인 장면을 표현하고 싶었기 때문이다. 그래서 그를 가리켜 '무희의 화가'로 부르기도 했다.

그의 발레리나 관련 그림 중 이 그림 속 소녀가 생각났던 것은 왜일까? 그것은 소녀에게서 월요일을 맞아하기 싫은 나를 발견했기 때문은 아닐까?

그녀의 어깨는 축 처져있고, 발걸음은 무거워 보인다. 발레 선생님에게 자신의 발레를 보여줘야 한다는 압박감 때문일 것이다. 그녀의 무거운 발걸음은 나의 월요일 출근길 속 무게감과 동일하다. 발레리나의 삶은 고단했다. 대부분 빈민가의 딸들이 대부분이었고, 오전 7시~오후 4시까지 훈련과 공연에 매진해야 했다. 주 6일동안 공연을 하며 성공을 꿈꿨다. 성공하면, 당시 교사들의 월급보다 무려 8배 이상 많이 받았다고 하니, 모든 가족이 그녀의 성공만을 바라봤을 것이다. 가족들의 기대감과 삶의 무게감 속에서 발레를 했던 그녀들.

그렇다면, 월요병의 불안을 평안으로 바꿀 수 있는 것은 무엇이 있을까? 처방전은 의외로 간단하다. '잡담'을 하면 된다.

최대한 출근하고, 빨리 잡담을 하는 것이다. 잡담을 하다 보면, 서로의 삶을 알게 되고, 행복한 감정을 공유한다. 슬픔을 나눈다. 그래서 잡담하는 시간을 정기적으로 만드는 것이 꼭 필요하다. 우리 부서는 월요일 9시~10시까지 잡담 시간으로 잡아 준비한 먹거리를 나눠 먹는다. 절대 업무 이야기를 하지 않는 것이 포인트다. 잡담하고 나면, 힘이 난다. 그리고 한 주의 불안이 해결된다.

잡담의 유익을 가장 잘 담은 그림 중 하나는 르누아르의 〈선상 파티의 점심〉이다. 14명이 등장하는 이 그림은 르누아르의 행복한 순간이 담겨 있다. 자신의 친한 친구(흰 셔츠를 입은 친구가 카유보트다!)와 사랑하는 여인이(강아지를 안고 있는 여인이 르누아르의 아내가 될 알린 샤리고이다)이 함께 모여, 센강 위의 선상 위에서 파티를 즐기고 있기 때문이다. 점심이 그림 제목이지만, 음식보다 사람들의 표정이 더 인상적이다. 르누아르는 사랑하는 사람들과의 그 순간을 잊고 싶지 않았기 때문일 것이다. 사실, 르누아르의 삶은 그다지 넉넉하지 못했다. 가난한 도공으로서 살다가 화가로 전업했고, 한동안 입에 풀칠하기도 어려웠다. 하지만 그는 현실의 행복을 그림으로 표현하여 '행복의 화가'가 되었다. 가난을 일상 속 친구들과 함께한 순간을 통해 극복한 것이다. 르누아르는 "그림은 즐겁고 예쁘고 유쾌해야 한다. 세상에는 이미 그렇지 않은 것이 많은데, 굳이 그림으로까지 남겨야 할 필요가 있는가?"라고 말했다. 그의 말처럼 행복을 기억하고 표현할 때, 삶이 더 풍요로워지는 것이다.

그러니 잡담을 하자. 사소한 것 하나하나 이야기하다 보면, 내 속에 쌓인 문제들이 해결된다. 이것은 집에 와서도 마찬가지인 것 같다. 갓난아기 딸에게 요즘 들어 잡담하려 한다. 사소한 것 하나. 별것 아닌 것 하나. 하지만 그것은 별것이다. 나와 딸의 관계, 그리고 초보 아빠라는 불안감을 해결해 주기 때문이다.

그렇게 본다면, 다윤이의 '옹알이'도 잡담의 일종이 아닐까? 신생아로서의 불안을 해결하는 자신만의 잡담. 생애를 일주일로 본다면, 지금 막 월요일이 시작된 상태일 것이다.

그녀도 인생의 월요병을 겪고 있는지도 모른다. 큰 울음소리와 잦은 칭얼거림이 월요병의 증거다. 누구나 삶 속에서 다양한 형태의 월요병이 찾아온다. 그 두려움과 불안을 해결하는 방법은 '잡담'이다. 나와 고민을 함께 나눌 수 있는 존재를 만드는 것. 그리고 잡담을 통해 서로의 일상을 공유하는 것. 월요병을 치료할 최고의 처방전이다.

피에르 오귀스트 르누아르 | 선상 위의 점심 | 1881

빈센트 반 고흐 | 영혼의 문턱 | 1890

식당만 'self'가 있는 것은 아니야

~~~~ 답답할 때가 있다. 이럴 때는 머리가 아프고, 혼란스러우며, 답이 없어 보인다. 그림 속 남자처럼 말이다. 반 고흐의 〈영혼의 문턱〉이란 그림은 한 남자의 절망적인 모습을 너무나도 잘 보여준다. 반 고흐는 이 그림을 여러 번 그렸다. 그만큼 절망적인 상황이 많았기 때문일 것이다. 그리고 이 그림은 그가 죽기 며칠 전에 그린 작품 중 하나이다. 그를 정말 힘들게 한 것은 무엇이었을까? 경제적 문제였을까? 인정받지 못한 설움이었을까? 무엇이 되었든, 그의 삶은 실패와 좌절로 점철되어 있었던 것은 맞는 듯하다. 그가 살아있었을 때는 말이다.

나도 며칠간 반 고흐의 심정과 같았다. 제한된 살림살이 속
~~~~

에서 경제적으로 해결해야 할 문제들은 쌓여 갔다. 거기다 불안한 나의 미래, 새로운 도전과 육아 휴직 사이의 갈등이 한꺼번에 답을 요구하듯이 날 재촉했다. 시험 종료 1분 전 상황처럼 말이다. 시간은 부족했고, 내 머리는 복잡했다.

삶은 너무나도 어렵다. 막연하다. 해결할 수 있는 답이 적힌 교과서나 로드맵이 없어서 그렇다. 그래서 나는 이러한 막연함과 불확실성이 싫다. 앉아서 이 모든 고민을 해결하자니 머리가 터지는 듯했다.

그때, 이 그림이 눈에 들어왔다. 윤두서의 〈나물 캐는 두 여인〉. 윤두서(1668~1717)는 독특한 자화상으로 유명하다. 그는 명문가 후손으로서 학문과 예술 모두에 능통했다. 그가 그린 이 그림은 경사진 산 위에서 봄나물을 캐는 여인들의 모습을 보여준다. 이 여인들은 살기 위해 이 경사진 언덕까지 올라온 것이다.

그렇다. 문제는 식당 정수기에 붙은 'self'와 같다. 물을 마시고 싶다면, 일어나서 self로 물을 가져와야 한다. 문제의 해결책은 고민하는 것이 아니라 움직이는 데 있었다. 그림 속 두 여인처럼. 먹을 것을 찾아 험한 산까지 왔던 그녀들은 'self'를 행동으로 보여주고 있었다. 이것은 윤두서도 마찬가지였다. 정치

윤두서
나물 캐는 두 여인
18세기

적으로 소외되었던 양반으로서, 그는 그림을 통해 자신의 문제를 해결했고 삶의 의미를 찾았다.

생각이 정리되자, 난 일어섰다. 그리고 상급자를 찾아갔으며, 전화로 은행의 금리를 알아봤고, 책을 뒤졌다. 요 며칠 사이에 일어난 막연함은 'self'로 해결할 수 있었다.

모든 문제가 갑자기 해결되었다. 그 걱정과 고민의 순간이 하찮아 보일 정도로 말이다. 퇴근길은 더 막연하지도, 불확실해 보이지도 않았다! 막연함의 해답은 'self'임을 알았기 때문이다. 또 다른 막연함이 올 때, self를 외치며 일어서보자! 가만히 있으면, 아무것도 일어나지 않는다.

초보운전 입니다만

~~~~~ 누구나 두려움에 사로잡히는 순간이 있다. 그리고 그 두려움을 극복하기란 쉽지 않다. 신생아인 내 딸도 마찬가지다. 그녀를 두렵게 하는 대상은 침대가 아닐까? 그렇게 잘 자다가도, 침대 위에만 누우면 소리를 지르고 운다. 등이 딱딱한 침대가 불안감을 주기 때문이란다. 하지만 푹신한 곳에 놔두기도 그렇다. 뒤척이다 질식할 수도 있기 때문이다. 그래서 아기가 잘 깨지 않도록 최대한 다독여주다가 반수면 상태가 될 때(이때 타이밍이 정말 중요한 것 같다) 침대에 살포시 놔둔다. 여러모로 봤을 때, 그녀에게 두려움이란 침대와 동의어이다.

어른의 눈에 봤을 때 침대는 편안한 공간이지, 두려움의 공간은 아니다. 그러니 나와 아내는 딸아이의 이런 행동을 이해
~~~~~

하지 못한다. 사는 것도 그런 부분이 있는 것 같다. 누구나 대상이 다를 뿐 두려움을 가지고 산다. 하지만 그 두려움은 상대적이다.

나는 '운전'이 그렇다. 22세에 첫 면허를 따고서도 십수 년을 운전하지 않았다. 무서워서였다. 운전 생각만 하면 식은땀이 날 때도 있었다. 내가 교통사고를 낼 것 같은 두려움 때문이다. 실제로 연습 중 두 번 사고를 내봤기 때문에 더 그런 것인지 모르겠다. 가능하면 나는 걷거나 대중교통을 이용한다. 하지만 꼭 운전을 해야 하는 날들이 있다. 그런 날은 하필, 비가 오거나 밤이다. 나는 두려움과 공포가 극도에 달하며, 운전하는 매 순간 긴장한다. 껌을 씹으며 좌우를 바라보고, 앞에 차선을 지키려 하고, 신호를 어기지 않으려 하고….

'멕시코의 보물'로 불리는 프리다 칼로(1907~1954)는 삶 자체가 '고통'과 '절망'의 연속이었다. 여섯 살에 소아마비로 왼쪽 다리를 절었다. 거기서 끝이 아니었다. 열여덟 살 때, 교통사고로 척추가 부러졌다. 승객용 손잡이의 파이프가 그녀의 가슴과 척추, 골반을 관통했기 때문이다. 30번에 달하는 수술과 통증, 후유증이 그녀의 삶을 짓눌렀다. 거기다 그녀의 남편이었던 디에고 리베라는 사생활이 난잡했다. 심지어, 처제 크리

프리다 칼로
상처입은 사슴
1946

스티나 칼로와 불륜관계였기도 했을 정도였다. 그녀의 불행은 끝나지 않았다. 어렵게 얻은 아기도 세 번에 걸친 낙태로 잃어버렸다. 그녀가 그린 〈상처 입은 사슴〉은 심신적으로 모두 지친 상태에서 그렸다. 그녀가 말한 "내 몸은 전쟁터"라는 것이 과장은 아님을 알 수 있다.

나는 매번 운전할 때마다, 프리다 칼로의 심정으로 운전대를 잡는다. 그리고 살아서 집에 돌아와 곰곰이 생각해본다. 나는 왜 이렇게 운전을 두려워할까? 그것은 내가 통제할 수 없는 상황에 대한 불안감은 아니었을까? 내가 통제할 수 없는 사고가 발생할 때, 내가 사랑하는 이들을 다시 보지 못하고 죽는 것

프리다 칼로
희망의 나무, 굳세어라!
1947

은 아닐까? 망상이지만 이런 생각을 하면서 운전을 했다. 막상 집에 도착하고 나니, 내가 우스워 보였다. 별것 아닌 것에 과도한 걱정을 하며 신경을 썼기 때문이다. 한 번, 두 번 성공하고 나서는 두려움도 반감되었다. 이제는 제법 먼 곳으로도 운전할 수 있을 것 같다. 어제보다 분명 조금은 자신감이 생겼다.

프리다 칼로도 마찬가지였을까? 그녀는 자신의 혼이 담긴 그림을 그리면서, 두려움을 극복한 것 같다. 1946년에 그린 〈희망의 나무, 굳세어라!〉에서는 고통 가득한 현실을 받아들이면서도, "희망의 나무에서 단단히 지키라!"라는 문구를 손에 들고 있다. 그녀를 보면서 두려움이란 무엇인지 생각해 본다.

누구나 두려움은 있다. 그러나 그 두려움을 마주하고 나의 일부분으로 인정할 때, 분명 어제보다는 더 성장한 나를 마주하게 된다. 도리어 두려움은 자신감으로 바뀌어 있음을 확인하게 된다. 프리다 칼로처럼.

두려움. 그것을 뒤집으면 자신감이 된다.

하루 30분

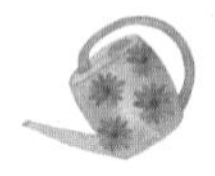

~~~~ 퇴근 후 산책을 한다. 30분 정도, 산책하다 보면 클림트(1862~1918)의 그림 〈캄머성 공원의 산책로〉가 떠올랐다. 클림트는 에로티시즘과 화려한 금박의 화가로 유명하다. 그러나 이 그림은 다르다. 따뜻하고 포근하다.

클림트의 그림이라고 이야기하지 않으면 전혀 모를 것 같은 그림 스타일이다. 즐겨 휴가를 보냈던 아터제 호숫가와 산책로는 그에게 있어, 마음을 평화롭게 하는 공간이었을 것이다. 항상 많은 그림 초안과 스케치를 그렸던 클림트는 '풍경화는 그렇게 하지 않았다'고 한다. 또한 풍경화는 정사각형에 맞춰
~~~~

구스타프 클림트 | 캄머성 공원의 산책로 | 1912

그렸다. 그것은 우주의 한 부분이 되는 듯한 평안함을 느꼈기 때문이다. 그의 풍경화에서 이런 마음의 평온함을 가질 수 있었던 이유는 무엇일까?

화려하고 세속적인 빈을 떠나, 그의 영원한 애인이었던 에밀레 플뢰게와 조용한 아테제에서 '플라토닉'한 사랑을 나눌 수 있기 때문이다. 그림이 따뜻하게 느껴지는 것은 그 순간이 담겨있다. 이처럼, 산책은 사람의 마음을 평온하게 만든다. 클림트마저 그림의 스타일이 달라지지 않았는가?

나도 그렇다. 시끄럽고 혼란스러운 현실을 벗어난 느낌이라고 해야 할까? 하지만 핸드폰을 꺼내는 순간, 이 평온함은 깨진다. 유튜브 속 오락거리와 매체는 나를 현실의 세계로 강제로 들어가게 만든다. 〈캄머성 공원의 산책로〉를 보다, 갑자기 〈연인(키스)〉를 본 듯한 기분이라 할 수 있다.

화려하면서도 과도한 금박과 금색 물감이 수놓인 이 그림은 절대적 부와 물질의 가치, 에로티시즘을 극대화하고 있다. 어떤 예술평론가는 이 그림에서 남성의 성기를 발견하기도 할 정도이니깐 말이다. 클림트는 기존의 빈 예술계를 주도했던, 보수적인 아카데미를 반대하며, '분리파'를 창설했다. 클림트를 중심으로 한 분리파들은 예술의 자유를 주장하며, 장식적인 아르누보 형식을 적극적으로 도입하여 표현하기도 하였다. 또한, 빈의 문란한 성생활과 관능적인 시대상, 프로이트의 심리학을 그림에 반영하여 많은 호응을 받았다.

그래서일까? 나는 이 그림을 볼 때마다, 빈에서 온갖 향락을 즐겼던 클림트의 삶이 담긴 자화상이란 생각이 든다. 클림트는 여성 편력이 유명한 예술가였다. 그가 죽은 뒤, 14명의 여인들이 친자 소송을 낼 정도였다. 자신의 욕망을 거침없이 드러낸다는 점에서 클림트는 분명한 현대인이었다.

눈을 들어 산책하는 사람들을 바라보면, 나처럼 핸드폰에 집중하는 사람들이 많다는 것을 발견하게 된다. 귀에는 에어팟을 끼고 있고, 눈은 핸드폰을 보고 있다. 분명 산책로를 걷고 있지만, 실상은 가상의 세계를 걷고 있는 것이다. 〈연인(키스)〉처럼 그들은 가상세계의 화려함에 빠져있다. 핸드폰을 바라보는 그들 중 그 누구도 산책로의 아름다운 자연환경을 바라보는 사람은 없었다.

순간적으로 그들의 모습에서 움찔했다. 그들이 나였기 때문이다. 슬며시 핸드폰을 주머니에 넣었다. 그리고 나만의 시간을 오롯이 가져 본다. 다시, 주변을 둘러봤다. 작은 하천의 물 흐르는 소리, 헤엄을 치고 있는 우리 가족, 여기저기서 연주를 하는 풀벌레들의 음악 소리가 들린다. 여전히 핸드폰을 들고

구스타프 클림트 | 연인(키스) | 1907-1908

있었으면 경험하지 못했을 순간이다.

때로는 잠깐 시간을 내보자. 그리고 집 주변을 산책해보는 것이다. 핸드폰을 꺼두고, 오롯이 걸어보는 것이다. 30분 남짓한 산책이 끝나고 집에 들어왔다. 산책 속에 느꼈던 그 여운은 잠이 드는 그 순간까지 이어졌다.

동기화가 필요할 때

~~~~~~ 사전적 정의에 의하면, 동기화(同期化)는 '작업 사이의 수행 시기를 맞추는 것'이라고 한다. 핸드폰으로 따지자면, 정보를 최신상태로 만들어 주고받는 것을 의미한다. 핸드폰이 동기화되면서 발생한 일이 있었다. 아내는 자신이 쓰던 핸드폰을 나에게 줬는데, 어떤 일인지 서로의 정보가 자꾸 동기화되어 공유되었다. 나와 아내의 연락처, 사진 등이 섞이면서 말 그대로 대혼돈의 상황을 맞이한 것이다.

하지만 이 상황을 통해 우리는 서로에 대해 더 이해할 수 있었다. 동기화를 통해 아내의 새로운 면을 발견했기 때문이다. 워너원(특히 강다니엘)을 향한 팬심이다. 사진첩에는 워너원 사
~~~~~~

진으로 도배가 되어 있었다.

반면, 나는 레고를 좋아한다. 아내는 내 사진첩에 있는 레고 사진을 보면서 그동안 숨겨놨던 레고의 정체를 알게 되었다. 그렇게 우리는 서로가 가진 비밀을 '동기화'했다.

덕분에 나와 아내는 한동안 각자의 '덕질'을 숨기지 않기로 했다. 각 방과 창고에는 굿즈와 레고로 가득 찼다. 둘 다 '이건 아니지 않니?'라는 암묵적 합의가 이뤄지자, 우리의 '덕질'은 사그라들었다.

지금 생각해보면, 둘 다 가장 열정적으로 '덕질'에 임했던 순간이었던 것 같다. '덕질'에 몰입할 수 있었던 것은 동기화(動機化) 덕분이다. 한자가 다른 이 동기화는 '자극을 주어 생활체로 하여금 행동을 하게 만드는 일'이라고 한다. 앞서 말한 동기화와 완전 뜻이 다르다.

나와 아내의 '덕질'이 뜨겁게 불타올랐던 것은 그것들이 삶의 활력소였기 때문이었다. 하지만 우리는 '덕질'에서 그쳤다면, 앙리 루소(1844~1910)는 '성덕'에 이른 화가였다. 세관원 시절, 마흔이 넘는 나이에 시간이 날 때마다 그림을 그렸다. 그리고 독학을 통해 자신만의 예술세계를 창시해 나갔다. 결국, 환상적인 세계관을 그림으로 표현했고, 이름을 날렸다. '일요화가'

앙리 루소 | 자화상 풍경 | 1890

라고도 불렸던 그의 그림 중 하나인 〈자화상:풍경〉은 세관원이자, 화가로서의 모습을 동시에 보여준다. 하지만 당시 사람들은 루소를 비웃었다. "루소의 그림은 웃기다. 단돈 3프랑으로 기분 전환하기 최고다"라는 평가는 그런 루소에 대한 세평을 잘 보여준다. 하지만 49세에 세관원을 은퇴한 루소는 그런 평가에 흔들리지 않고 도리어 본격적인 활동을 이어나갔다. 원시적인 형태의 그림을 그리면서 각광을 받았는데 피카소의 예술세계에 영향을 주기도 했을 정도다. 피카소는 루소의 작품세계에 깊은 감명을 받아, 자신의 아틀리에였던 '세탁선'에 초대하여 파티를 열기도 할 정도였다. 루소는 피카소에게 "자네와 나는 현존하는 최대의 화가"라며, 높은 자존감을 보여준 일화는 유명하다. 관원에 불과했던 루소가 피카소로부터 인정받게 된 것은 순수한 열정과 창의적인 표현력 때문이다. 그는 창의력을 어떻게 얻을 수 있었을까? "자연을 관찰하면서 그릴 때 나는 가장 행복하다. 야외에서 태양과 초목과 꽃이 피는 것을 볼 때마다 그래, 저 모든 것이 다 내 거야!"라는 말을 통해 알 수 있다. 그는 모든 사물을 관찰하고 자신의 그림에 반영한 것이다.

루소를 보면서 '덕질'을 '성덕'으로 만드는 가장 큰 힘은 동기화(動機化)라는 생각이 든다. 먼저 자신이 좋아하는 일을 찾아 덕질을 해보자, 그리고 동기화를 통해 '나만의' 전문성을 갖

춰나가는 것.

나의 내면에 있는 '동기화'를 일깨워 보자. 앙리 루소의 〈뱀의 매력〉처럼 말이다. 혹시 아는가? 수년 뒤, 그 분야의 '성덕'이 되어 있을지 말이다. 내 안의 뱀을 일깨워 보자!

앙리 루소 | 뱀의 매력 | 1907

잘 지내니?

~~~~ 3년, 그 친구의 이름으로 전화가 울리기까지 걸린 시간이었다. 대학교 친구였던 그 녀석. 함께 미래를 고민하고, 대학 생활의 낭만을 술로 풀었던 친구. 그렇게 우리는 15년이란 시간을 흘려보냈고, 더 어른이 되었다. 하지만 세상의 풍파를 견딘다는 것은 쉽지 않은 일이지 않는가? 우리는 서로의 존재를 잊었다고 생각했다. 그런데 얼마 전 연락이 온 것이다. "잘 지내니?"라는 통속적인 한마디와 함께. 몇 가지 추측을 해 봤다.

1. 결혼이 다가온다.
2. 돌잔치를 한다.
~~~~

3. 부조를 해야 할 일이다.

하지만 이 세 가지 모두 틀렸다. 그 친구는 '갑자기' 내가 생각이 나서 연락을 한 것이었다. 그냥 생각이 나서 보고 싶었다니.

뒤러(1471~1528)의 〈기도하는 손〉이란 제목의 드로잉이 떠오르는 순간이었다. 뒤러는 북유럽의 '다 빈치'로 불릴 정도로 다재다능한 솜씨 좋은 예술가였다. 그리고 판화를 통해 막대한 부를 축적한 성공한 사업가이기도 했다. 그런 그가 〈기도하는 손〉을 그린 이유는 무엇이었을까?

전해지는 이야기에 의하면, 뒤러는 자신의 가장 친한 친구였던 프란츠 나인스타인과 함께 그림을 공부했다. 하지만 둘 다 가난했기 때문에 더 이상 공부할 경제적 여력이 없었다. 그러자 프란츠 나인스타인은 자신이 돈을 벌어 뒤러를 지원하기로 했다. 뒤러는 그 친구 덕분에 전념할 수 있었고, 성공한 예술가이자 사업가가 될 수 있었다. 그리고 감사한 마음을 담아 고향에 돌아와 친구를 만나러 갔다. 그때 프란츠 나인스타인은 돈을 벌면서 투박해진 손으로 뒤러의 성공을 위해 기도하고 있었다고 한다. 이 그림은 친구의 간절함과 뒤러의 미안함이 맞닿은 그림이다.

사전을 찾아보니, Friend의 어원은 'freogan'으로 사랑하는 사람을 뜻한다고 한다. 그런 의미의 사랑은 아니지만, 나를 생각해주는 친구가 있다는 것 하나만으로도 기분이 좋아졌다. 뒤러도 마찬가지였을 것이다. 사랑이란 단어의 뜻이 생각할 사(思), 헤아릴 량(量)에서 나왔다고 하지 않던가? 그런 면에서 친구의 '사랑'은 고맙기도 했다. 그리고 나를 돌아봤다.

나와 함께 추억을 공유했던 친구들에게 얼마나 연락을 하고 있을까? 오기만을 기다렸던 것은 아닐까? 도리어 목적성 있는 전화만 돌린 것은 아니었나? 반성하는 마음을 담아, "잘 지내니?"로 시작하는 문자를 친구들에게 보내본다.

알베르트 뒤러 | 기도하는 손 | 1509

지금이 최고 고비입니다

~~~~ 출근길에 만난 현수막의 글귀가 눈에 들어온다.

'코로나, 지금이 최대 고비입니다!?'

코로나는 일상이 되어 버렸다. 금방 끝날 줄 알았던, 이 질병은 우리를 모두 지치게 만든다. 그리고 삶의 형식도 바꿔 버렸다. 중세 유럽의 '흑사병'처럼 말이다. 흑사병의 참혹성은 피테르 브뤼헐(?~1569)의 〈죽음의 승리〉에서 잘 드러난다.

플랑드르 풍자화의 대가였던 브뤼헐은 흑사병을 '죽음의 승리'로 표현했다. 해골과 사람의 싸움은 지금의 좀비 영화를 방불케 하며, 모든 인프라가 무너져 버렸다. 이 그림이 그려진
~~~~

피테르 브뤼헐 | 죽음의 승리 | 1562

16세기는 흑사병이 유행한 지 2세기가 지난 시점이었다. 하지만 여전히 공포를 느끼는 순간으로 기억되고 있음을 알 수 있다. 흑사병은 감염되면 신체의 일부가 검게 변하고, 치사율도 높았기 때문이다. 기록마다 차이가 있지만 1347~1351년 동안 유럽 전체 인구의 1/3인 7천 5백만 명이 사망했다고 한다. 여러모로 중세의 흑사병과 코로나는 쌍둥이처럼 닮아있다. 전 세계의 사람들을 공포와 충격 속에 몰아넣고 서로를 혐오하게 만들었다는 점에서 말이다. 현수막 글귀의 주어를 나로 바꿔 읽어 보았다.

"나는, 지금 최대 고비입니다!"

내 삶도 여러 면에서 최대 고비라는 생각이 들 때가 있다. 깔딱 고개를 건너는 등산객의 마음처럼, 닥친 문제가 해결되기를 기대한다. 하지만 조금 뒤로 물러나서 바라보면 현실은 그렇지 않다. 태산처럼 날 압박했던 그 고비의 순간이, 사실은 작은 언덕에 불과했기 때문이다.

흑사병이 유행한 유럽도 마찬가지였다. 흑사병이 끝나도 천국은 오지 않았다. 사람들은 더 많은 전쟁을 했고, 서로를 죽였다. 혐오는 최고조에 달했고 마녀사냥이라는 이름으로 힘없는 사람에 대한 학살이 일상처럼 이뤄졌다.

현실 속 코로나도 별반 다르지 않다. 현수막이 만들어진 시점보다, 감염자와 사상자는 더 많아졌다. 저 문구대로라면, 최대 고비는 매일 갱신 중이다. 이처럼, 오늘의 힘듦은 언제나 내일 다가올 고난의 예고편에 불과하다. 이것을 깨닫게 되면, 지금 내가 가진 문제들이 크게 다가오지 않는다.

흑사병을 마주한 중세 유럽인들은 크게 3가지 선택지에서 고민했다.

1. 포기하기
2. 신앙으로 극복하기
3. 현실을 긍정하기

세 번째를 선택한 이들이 만든 시대가 '르네상스'이다. 르네상스는 '재생', '부활'을 의미한다. 피렌체를 중심으로 한 유럽인들은 고대 그리스와 로마에서 '인간'의 가치를 다시 발견했고 흑사병 이후 붕괴된 사회를 재건했다. 최악의 순간에서 인간을 발견했기 때문이다. 보티첼리(1445~1510)의 〈비너스의 탄생〉은 새로운 시대의 그림을 잘 보여준다. 그리스-로마의 비너스를 소환하여 인간미를 마음껏 표현하였다. 중세에서는 발견할 수 없는 그림 형태였고, 주제였다. 중세는 인간을 죄악의 덩어리로 봤고, 그 결정체인 신체를 부정했다. 그래서 중세

시대 그림 속 인간들의 표정은 어둡고, 신체는 가려졌다. 하지만 르네상스인들은 인간의 신체를 '긍정'했고, 세상을 변화시킬 힘을 발견했다. 주제 또한 바뀌었다. 기독교일변도의 그림에서, 그리스-로마 신화의 아프로디테(비너스)가 등장했다. 그녀의 모델이 되었던 사람은 실존했던 인물인 베스푸치였다. 절대 신이 아닌 인간적인 외모와 삶, 감정을 표현했던 그리스-로마 신들의 등장은 르네상스가 어떠한 방향으로 나갈지를 잘 보여주는 상징적인 그림이라 할 수 있다. 이 그림 이후 유럽은 '인간'의 가능성을 무한하게 보기 시작했다. 그리고 긍정하며, '무엇인가 할 수 있다'는 자신감을 가졌다. 그렇게 르네상스는 싹 틔웠고, 유럽의 운명을 바꿔놓았다.

나를 바라본다. 위기 앞에서 어떤 선택을 하는가? 포기하고 있는가? 아니면 문제의 원인을 회피하거나 과대 포장하여 두려움에 떨고만 있는가?

인생은 항상 고비의 연속이라는 명제를 인정하자. 그리고 현실을 긍정하며, 소소한 일상의 아름다움을 찾자. 거기서 나를 찾자. 무엇인가 할 수 있는 나를! 르네상스인들처럼.

산드로 보티첼리 | 비너스의 탄생 | 1486

Homo Viator

~~~~ 수원 출장길, 버스를 잘못 탔다. 출장을 마치고 집에 오는 길에도 그랬다. 핑계를 하자면, 스마트 폰으로 봤던 영화가 너무 재미있었기 때문이다. 그 대가로 나는 1시간 정도를 방황해야 했다. 겨우 지하철에 도착해서, 자리에 앉았다. 이제는 제대로 집에 갈 수 있기를 바라며 주위를 둘러보았다. 사람들은 스마트폰 삼매경에 빠져있었다.

그들의 눈빛은 모딜리아니(1884~1920)의 〈자화상〉과 닮아있었다. 공허했다. 미남 화가로도 유명했던 그는 방탕한 삶을 살다가 결핵성 수막염으로 36살의 젊은 나이에 사망했다. 눈동
~~~~

아메데오 모딜리아니
자화상
1919

자가 없는 그림을 많이 그렸는데, 이유는 상대방의 영혼을 잘 알지 못해서라고 한다. 모딜리아니는 자신이 죽기 직전에 그린 자화상에서조차도 눈동자를 그리지 않았다. 스스로의 삶조차도 방황했던 그의 그림은 헛헛해 보인다. 모딜리아니는 자화상을 그리면서 어떤 생각을 했을까? 그리고 그에게 인생은 어떤 의미였을까? 눈이 없는 자화상을 통해 그는 방향성 잃은 삶을 보여주고 싶었던 것은 아닐까? 뛰어난 실력과 시대를 앞서가는 표현력이 있었지만 현실 속 그는 '실패한 인생'이었다. 자신의 모든 역량을 들였던 전시회는 철저하게 사람들에게 외면받았다. 도리어 외설적이라는 이유로 관람객 대신, 경찰들에 의해 그림들이 압수당했다. 세상으로부터 인정받지 못한 모딜리아니. 그럼에도 그에게 있어, 유일한 도피처는 역설적이지만 그림이었다. 죽기 직전에 그린 자화상은 그런 점에서 비극적이다.

모딜리아니의 〈자화상〉처럼, 현대인은 공허하다. 그리고 외롭다. 코로나19로 관계는 더 단절되었다. 마스크로 가린 얼굴은 눈동자 없는 모딜리아니 속 그림과 본질적으로 같다. 단절되고 외면받으며, 고독한 이들의 유일한 안식처는 스마트 폰이 되어 버렸다. 지하철 속 고독을 잊는 방법으로 사람들은 영혼 없이 스마트 폰의 세상으로 빠져들어 간다. 목적도, 의지도 없이 알고리즘에 의해 말이다. 하지만 나는 안다. 스마트 폰으로 들어가는 것 자체가 외로움을 벗어나기 위한 발버둥임을 말이다.

하지만 오직 한 명, 70대처럼 보이시는 노인은 예외였다. 그분은 홀로 책에 집중하고 있었다. 스마트 폰의 마력을 어떻게 빠져나왔을까? 슬그머니 책의 제목을 봤다. 〈내가 춤추면 코끼리도 춤춘다〉였는데, 더 나은 독수리가 되기 위해 아픔을 인내

하며 자신의 부리와 털을 뽑는다는 이야기를 담고 있었다. 그 노인은 독수리를 보며 자신을 떠올린 것일까? 분명, 지금보다 더 나은 미래를 꿈꾸고 있을 것이다.

노인에게서 루이 비뱅(1844~1930)의 향기가 났다. 19세기, 파리의 우체부였던 이 화가는 은퇴 후 새로운 도전을 했다. 61세는 무엇인가 새로운 것을 도전하기에 무서운 나이다. 그럼에도 불구하고 루이 비뱅은 화가로서의 새로운 삶을 시작했다. 평소, 그림 그리기를 즐겼던 그는 파리지앵들의 소소한 삶을 포착하였다. 아카데미에서 그림을 배운 적 없었기 때문에 그의 그림은 더욱더 빛났다. 자신만의 색깔로 기존의 그림 기법들을 무시했다. 많은 사람들은 그를 비웃었지만, 그의 그림은 그림 수집가 빌헬름 우데에 의해 발굴되어 전시회까지 열 수 있었다. 그가 그린 파리의 몽마르트 언덕의 풍경은 인상적이다.

현재의 사람들은 루이 비뱅의 그림을 보면 행복감을 느낀다고 한다. 무엇 때문일까? 투박한 필체, 정교하지 않고, 평면적인 그림책 삽화 같은 그림이다. 하지만 은퇴 후 자신이 정작 하고 싶었던 화가로서 삶을 살았던 루이 비뱅은 행복했을 것이다. 그의 행복감이 그림에 묻어 있는 것은 아닐까?

지하철에서 책을 읽던 그 노인에게서 루이 비뱅이 보였던 이유는 둘 다 자신의 삶을 주도적으로 여행하는 자들이었기 때문이다. 김영하 작가는 '여행하는 인간(Homo Viator)'에 대해 이야기했다. Homo Viator는 '길 위에 서 있는 사람'을 뜻한다고 한다. 책을 읽고 계셨던 노인. 인생이란 길 위에서 분명한 목적지를 향해 한 발 내딛는 중이었다.

다시 나를 바라본다. 스마트 폰에 빠져, 길을 잃어버렸던 순간들. 몽롱하게 의미 없이 방황하던 내가 부끄러워졌다. 토마스 뮐러가 했던 말이다.

"바보는 방황하고 현자는 여행한다."

바보와 현자는 겉으로 보기에는 같다. 둘 다 떠돌아다니는 것처럼 보이기 때문이다. 하지만 속은 다르다. 현자는 바보가 모르는 '의미'를 찾아 떠도는 것이기 때문이다.

나의 의미는 무엇일까? 나의 '길'은 어떻게 가야 하는가? 잠시 이탈했던 인생의 경로를 다시 설정해 본다.

루이 비뱅 | 갈레트 방앗간 | 1926

퇴근길의 시선

Q : 하루 중 가장 기다려지는 순간은?

A : 퇴근 시간!

~~~~~ 퇴근 시간을 기다리지 않는 직장인이 있을까? 그 시간이 다가오면 모두의 눈빛이 바뀐다. 달리기 경주를 앞둔 사람들처럼, 슬슬 자리에서 일어나 몸을 푼다. 그중에는 나도 있다. 사무실 문을 닫고 나오는 그 순간은 피로가 풀리는 시작점이기도 하다.

하지만 퇴근 시간을 마주하기 전까지, 얼마나 많은 격무에 시달려야 하는가? 때론, 러시아의 국민 화가로 불리는 일리야
~~~~~

일리야 레핀 | 볼가강의 인부들 | 1873

레핀(1844~1930)이 그린 〈볼가 강의 인부들〉 속 인부들처럼 말이다. 그림 속 11명의 인부들은 가슴과 온몸을 이용해 무거운 배를 끌고 있다. 그들의 얼굴과 표정에서 삶의 무게가 고스란히 담겨 있다. 이 그림은 실제 당시 19세기 러시아의 모습 중 하나였다고 한다. 항만 시설이 제대로 있지 않았던 러시아는 이렇게 짐을 날랐다. 이 짐이라도 날라야 먹고 살았을 인부들. 그들에게 퇴근은 어떤 의미였을까?

마냥 행복하지만도 않았을 것이다. 아마도 온갖 걱정을 하며 집에 가지 않았을까? 노동에 비해 가벼웠을 품삯, 집에 자신을 기다리는 가족. 그리고 점점 쑤셔오는 몸을 주물렀을 것이다. 아프지만, 집에 있을 처자식과 노부모를 먹여 살리기 위해 아픈 몸을 이끌고 나온 것은 아니었을까? 그들에게서 나를 발견하는 이유다. 결국, 현실이란 삶의 무게 속에서 그림 속 인부도, 나도 그리 퇴근길이 행복하기만 한 것은 아니다.

현실이 그렇다고, 퇴근길을 불행하게 보내는 것은 옳지 못하다. 나는 도리어 '그렇기 때문에' 퇴근시간 속 퇴근길을 행복하게 보내야 한다고 생각한다. 어떻게 얻은 퇴근 시간이란 말인가? 원래 나는 퇴근 후 집으로 가는 시간을 그리 좋아하지 않았다. 항상 귀에 이어폰을 꽂고, 눈은 스마트 폰을 바라보며 걸었다. 더 이상 누군가와 대화하기도 싫다는 표현이다. 핑계지만, 전 근무지의 환경 때문이었다. 공단 근처에 있었던 이전 근무지는 경관이 그리 좋지 않았다. 출퇴근길에 경찰차를 보는 것이 일상다반사였다. 자연스럽게 나는 스마트폰에 몰입할 수밖에 없었다. 퇴근 후 집으로 가는 시간은 나에게 매우 아까운 '스킵'하고 싶은 순간이었다.

하지만, 지금 옮긴 근무지는 다르다. 작은 하천이 흐르고 있고, 오리들이 지나다니며, 백로가 날아다닌다. 생명이 살아있는 공간이다. 근무지를 옮기고 나서는 달라졌다. 퇴근길에 하천을 바라본다. 스마트 폰을 내려놓고, 이어폰을 뺀다. 물 흘러

김홍도
마상청앵도
18세기 말~19세기 초.

가는 소리, 아이의 손을 잡고 이끌어 가는 엄마의 뒷모습, 다리 밑 물길을 바라보는 아이의 눈망울, 시원한 바람과 여기저기 피어있는 꽃과 하천 속 생물들을 오롯이 바라보며 퇴근길 자체가 힐링이라는 생각이 들었다. 이런 순간을 공짜로 경험한다는 것은 매우 큰 축복이다. 전 근무지에는 그렇게 들고 다녔던 스마트 폰과 이어폰을 뺄 수밖에 없다.

김홍도의 〈마상청앵도〉 속 선비도 나와 같은 마음이었나 보다. 길을 가다, 버들잎을 바라보고, 꾀꼬리의 소리를 듣기 위해 멈추었다. 저 선비도 퇴근길에서 마음을 울리는 광경을 목격한 것이다. 소리 하나, 느낌 하나, 놓치고 싶지 않으려는 모습이 나와 같다. 퇴근길에서 발견하는 소소한 것 하나하나가 새롭다. 이런 길을 따라 퇴근을 한다는 것은 진정 나에겐 행복이자, 삶의 유익이다. 퇴근 시간을 기다리는 이유 하나가 더 생긴 셈이다.

퇴근길, 무엇을 보며 집에 가고 있는가?

다이어트가 필요할 때

~~~~~ 긴 연휴가 끝났다. 연휴는 '마음껏 먹어도 죄가 되지 않는 날'이라고 나름의 정의를 내려 본다. 하지만 연휴가 끝나고 맞이한 체중계의 숫자는 제법 달라져 있다. 그리고 언제나 했던 말처럼, 다이어트를 외친다. 하지만 그 다이어트는 제대로 진행된 적이 거의 없다. 그래도 20대는 조금만 운동해도 살이 빠졌다. 하지만 40대로 근접하면 할수록 살은 빠질 생각이 없다. 그렇게 연휴에 찐 살은 내 일부가 되었다.

삶에서 살이 찐다는 것은 어떤 의미일까? 나는 '오만'이라고 생각한다. 살이 찌면, 몸이 둔해진다. 오만은 삶을 무디게 만든다. 그리고 점점 변화가 필요한 순간을 놓치게 만든다. 빠르게
~~~~~

미켈란젤로 부오나로티 | 피에타 | 1498

뛰어야 할 때, 살이 쪄서 뛰지 못하는 것처럼 말이다. 누구나 오만이 내 일부가 되어 살아갈 때가 있다.

오만은 나만의 전유물이 아니다. '신이 내린 예술가'였던 미켈란젤로(1475~1564)도 마찬가지였다. 그는 오만한 예술가였다. 얼마나 오만했던지, 당시 무섭기로 정평이 나 있었던 율리우스 2세 교황의 명령을 어기고, 반박편지까지 쓸 정도였다. 때로는 교황을 피해 도망 다니기도 했으며, 추기경들과 세기의 천재로 알려진 레오나르도 다 빈치를 무시하는 발언을 서슴지 않았다.

그의 오만은 근거 없는 자신감이 아니다. 24살에 만든 〈피에타〉를 보면 수긍이 갈 것이다. 그 어린 나이에 이렇게 훌륭한 작품이라니! 당시 많은 사람들도 경탄했다고 한다. 미켈란젤로는 자신이 만든 것이라는 것을 알리기 위해 마리아의 가슴에 있는 띠에 자신의 이름을 몰래 가서 조각했다. 미켈란젤로의 성격이 드러나는 일화다. 그래서인지 〈피에타〉는 본래 의미를 뜻하는 '슬픔'이 느껴지지 않는다. 도리어 '오만'이 느껴진다. "나는 이렇게 아름다운 조각을 할 수 있어!"라고 하듯이 말이다. 그렇게 생각하고 보면, 젊은 마리아가 죽은 예수를 안고 있다는 것 자체도 이상하다. 오만한 미켈란젤로는 자신의 작품이 널리 알려지길 원했다. 한때, 〈피에타〉가 다른 조각가의 작품이라고 소문난 적이 있었다. 그러자 미켈란젤로는 그날 밤 마리아의 어깨띠에 자신의 이름을 새겨넣었다. 돋보이고 싶은 미켈란젤로의 모습이 담겨 있다. 그래서 〈피에타〉는 20대의 오만한 미켈란젤로를 상징하는 조각이다.

그런 면에서 미켈란젤로는 영혼의 다이어트가 필요한 인물이었다. 자신만의 세계에 갇혀 타인을 무시하는 모습은 썩 보기 좋지 않다. 오만이란 지방으로 가득 찬 영혼의 과체중 상태. 살이 찌는 것은 순식간이다. 어느 순간 감당하지 못할 정도가 되면, 사람들을 만나기 싫어진다. 그리고 혼자만의 세계에 들어가려 한다. 또, 살이 찌면 좋지 않은 점은 배가 고픈 것과 목이 마른 것을 제대로 구분하지 못한다. 목이 말라도 무엇인가를 먹게 된다. 악순환이다. 그렇게 살은 계속 찐다. 오만도 마찬가지이다. 그리고 점차적으로 고립되는 자신을 발견하게 된다.

지방과 오만을 제거하는 가장 효과적인 방법은 시련을 마주하는 것이다. 운동은 몸으로 따지면 시련이다. 그리고 인생으로는 실패의 순간이다. 운동과 실패 모두 하기 싫다. 하지만 그것들이 지나갔을 때, 몸과 마음 모두 단단해진다. 미켈란젤로도 역시 그랬다. 그의 잘난 척하는 성격은 세월 속 시련을 통해 점차 다듬어졌다. 그리고 오만을 내려놓기 시작했다.

"이제 나의 백발과 고령을 내 것으로 받아들인다"는 미켈란젤로의 고백은, 그의 삶이 얼마나 험난했는지를 상징한다. 그가 죽기 직전까지 수십 년간 다듬었다고 하는 〈론다니니의 피에타〉는 달라진 미켈란젤로를 잘 보여준다. 89세, 자신의 무덤을 장식하기 위해 만든 〈론다니니 피에타〉는 불안정해 보이고 조잡해 보인다. 어쩌면 24살 때보다 더 퇴보해 보이기도 한다. 하지만 도리어 비례를 무시하고 성별을 알 수 없는 얼굴과 신체, 수많은 수정 흔적, 떨어진 예수의 오른팔에서 '슬픔'이 느껴진다. 자식을 잃은 부모의 심정이 고스란히 전해진다. 처음 조각을 했을 때는 고전적 비례에 맞춰 제작했다고 한다. 하지만 시간이 지나면서 그는 자신의 마음에 맞게 변형했다.

그래서 8년간 공들인 그의 마지막 피에타는 오만했던 삶의 지방을 덜어내고자 노력했던 그의 다이어트 결과물이라 할 수 있다.

24세와 89세의 미켈란젤로는 분명 다른 사람이었다. 오만한 젊은 화가에서 버려야 할 것을 버릴 줄 아는 늙은이가 되었다. 사실, 미켈란젤로의 〈피에타〉 속 아름다움은 그의 상처에서 비롯된 것이었다. 볼품없는 외모를 가졌던 그는 어린 나이, 친구와의 다툼 속에 코가 내려앉았다. 그가 내세울 수 있는 것은 오직 실력뿐이었다. 그렇기 때문에 그는 쉬지 않고 일했다. 하루

18시간 이상 일할 때도 많았다. 자신의 추한 외모를 실력으로 극복하고 싶었기 때문이다. 자연스럽게 이상적 아름다움에 집착했고, 〈피에타〉와 〈다비드〉가 조각될 수 있었다. 하지만 오만한 그 주변에는 아무도 없었다. 사람들은 떠나갔고, 그를 경외시했다. 그렇게 혼자가 된 미켈란젤로는 자신을 받아들였다. 〈론다니니 피에타〉 속 예수는 이상적 아름다움이 아닌, 나약한 인간의 모습이다. 오만을 버린, 미켈란젤로의 자화상은 아니었을까?

모든 것을 내다 버렸을 때, 그의 예술은 더욱더 빛났고, 전설이 되었다. 미켈란젤로처럼, 내 몸의 살을 빼듯, 영혼의 오만을 다이어트하자. 물론 내일부터….

미켈란젤로 부오나로티 | 피에타 | 1564

모빌

~~~~~~ 욕심이 생길 때가 있다. 그것만 있으면, 내 삶이 더 빛날 것으로 생각하게 만드는 것. 누구나 그런 것 하나쯤 있지 않은가? 우리 고양이 강이도 그런 것이 있다. 바로 모빌이다. 그 녀석은 하늘을 쳐다보며, 모빌을 응시한다. 에어컨 바람에 휘날리는 모빌은 흡사 나비 같다. 모빌을 바라보는 강이의 눈빛은 심상치 않다. 저것을 잡아야지! 라는 눈빛.

'고양이 화가'라 불린 변상벽(영조시대 화가)의 〈묘작도〉 속 고양이도 이와 같다. 강이처럼 생긴 '고등어' 고양이 한 마리는 더는 나무 위로 못 올라가고 아래에 있는 고양이를 바라본다. "난 글렀어…." 하는 듯하다. 이 두 고양이의 목표는 나무 위 참
~~~~~~

변상벽 | 묘작도 | 18세기

새인 것 같다.

그림 속 고양이와 다르게 우리 집 고양이는 제법 유능한 사냥꾼이다. 집에 들어오는 벌레들을 잡는 모습을 여러 번 봤다. 제법 야생적 본능이 남아 있다. 길바닥 출신이어서 그런지도 모른다. 그래서 강이는, 이 모빌을 보면서 항상 반응할 준비를 한다. 그런데 말이다. 문제는 모빌이 마치 실제 나비처럼 움직인다는 것에 있다. 나는 안다. 에어컨 바람에 움직이는 모빌은 허상이라는 것을…. 강이가 한심해 보였다.

갑자기 이런 생각이 들었다. 반대로 고양이가 나를 보면서 한심해 한 적은 없을까? 생각해보니, 떠오르는 순간들이 있었다. 주식, 비트코인, 부동산 이야기를 들을 때마다 욕심이 생기고, 질투심이 생겼었다. '나는 왜 저런 기회를 못 잡지?' 자책하기도 했다. 이것은 나만의 이야기가 아닌 인류 전체의 이야기이기도 하다. 그것을 잘 보여주는 사례가 있다.

17세기 네덜란드이다. 렘브란트(1605~1669)가 그린 〈플로라 옷차림을 한 사스키아〉 속 여자는 렘브란트의 아내다. 그녀는 봄과 꽃의 여신으로 치장한 모습으로 그려져 있다. 그녀가 들고 있는 아름다운 소품 중 가장 비싼 것 하나를 고르자면, 머리 위의 튤립이다. 17세기 네덜란드는 튤립의 광풍이 불었던 곳이다. 튤립의 구근 하나가 몇 억을 호가하기도 했을 정도였다. 이때, 많은 사람이 몰락했다. 화려함에 현혹된 이들 중에는 렘브란트도 있었다. 그는 동양 액세서리에 현혹되어, 돈이 생길 때마다 구매했다. 결국 파산했다.

그런 점에서 17세기 네덜란드인들과 렘브란트에서 나를 발견한다. 강이는 "거봐, 너도 그렇잖아!"라고 말하는 듯하다. 하늘의 모빌이 허상이라는 것을 알았는지, 이 녀석은 어느 순간 흥미를 잃고, 방바닥에 누워 버린다. 그리고 편안한 자세로 나를 바라본다. 영화의 대사가 생각난다.

"뭣이, 중한디! 절대 현혹되지 마라!"

렘브란트 하르먼손 판 레인
플로라 옷차림을 한 사스키아
1634

Sleep
& Dream

~~~~ 어릴 때, 잠과 지각의 횟수가 비례한 적이 있었다. 고등학교 선생님은 나에게 '아시아 지각 금메달리스트'라고 항상 놀리셨다. 다행스럽게도 '올림픽 메달'은 아니었다. 나보다 더 늦은 친구가 있었으니깐. 엄마는 항상 나에게 말씀하셨다.

"죽으면 평생 잔다."

하지만 나는 잠이 좋았다.

이 그림 속 여인처럼. 그림을 그린 화가는 영국 빅토리아 여왕대의 화가였던 워터하우스(1849~1917)이다. 그는 그리스-로마 신화와 영국 아더 왕의 전설 속 여인들을 팜므파탈로 표현
~~~~

존 윌리엄 워터하우스 | 아리아드네 | 1898

하는 데 능숙했다. 그래서 '신화를 가장 신화답게 그리는 화가'로 알려져 있다. 그가 그린 〈아리아드네〉 속 여인은 상당히 피곤했는지 발밑 표범을 놔두고 푹 자고 있다. 그림을 자세히 보면, 멀리 배가 떠나고 있다. 그렇다. 이 여인은 지금 버려진 상태다. 그것도 모르고 잠을 자고 있으니….

사연을 알고 나면, 이 여인이 더 안쓰럽다. 여인은 모든 것을 포기하고 한 남자를 따라왔기 때문이다. 여인의 이름은 아리아드네. 크레타 미노스 왕의 딸이다. 그녀는 아테네 왕자 테세우스를 도와 미궁에 있는 이복오빠(?) 미노타우로스를 죽이는 데

일조했다. 그리고 테세우스와 함께 도망쳤다. 그리고 잠깐 들른 이 섬에서 잠이 든 것이다. 아마, 아리아드네는 테세우스와 행복한 미래를 꿈꾸고 있을지 모른다.

잠을 많이 잤던 이유 중 하나는 꿈 때문이었다. 아리아드네처럼 사랑이 넘치는 꿈도 좋지만, 나는 하늘을 나는 꿈을 정말 좋아했다. 의도적으로 자기 전에 하늘을 나는 것을 상상할 정도였다. 그래서 나는 일부러 잠을 많이 잤다. 힘든 일이 있으면 더욱더 잠을 잤다. 자고 일어나면 문제의 해결책이 나오기도 했다. 꿈을 뜻하는 Dream의 어원 중 하나는 원시 게르만어 Draugmas에서 찾는다. 이 단어의 뜻은 '송아지가 뛰어다니는 들판'이란다. 배고팠던 그 시절, 먹을 것이 가득한 들판을 바라보는 것이 꿈이었던 것이다.

하지만 나이를 조금씩 먹으면서, 더 이상 꿈 속에서 하늘을 날지 못한다. 그리고 악몽이 늘어나고 있다. 낭만주의 화가 였던 헨리 푸셀리(1741~1825)가 그가 그린 〈악몽〉은 '밤의 악마'를 상징하는 백마와 원숭이가 여인을 바라보고 있다. 화가가 이 그림을 그린 이유가 흥미롭다. 사랑하는 여인과 이별을 하고 나서 그렸기 때문이다. 이별 후 그녀가 다른 남자와 결혼한 것이었다. 화가 난 그는 복수심에 이 그림을 그렸다. 당시, 꿈은 제2의 삶으로 여겨졌고, 본능의 세계로 이끌 매개체로 생각되었다. 그림 속 말은 화가의 성욕, 악령은 (구)애인을 꿈속에서 징벌하고 싶은 그의 마음이 잘 드러난다.

꿈속에서 만나는 악마라니, 생각도 하기 싫다. 헨리 푸셀리의 옛 연인은 이 사실을 알았다면 얼마나 소름이 돋았을까?

어릴 때의 꿈 주제는 '비상'이었다면, 지금의 꿈은 '무서움'이다. 왜 그런 것일까? 서글퍼졌다. 꿈에서조차 행복할 수 없다는 것이 말이다. 꿈은 현실의 또 다른 뒷면이라고 한다. 지금의 내 꿈이 불행한 것은 내 현실을 반영하는 것일 수도 있다.

그렇다면 역으로, 꿈을 행복하게 만들어서 현실을 바꿀 순 없을까? 꿈을 뜻하는 또 다른 어원 중 하나는 'drum or noise'라고 한다. 즉, 듣기 좋은 드럼 소리와 같은 것이라는 의미다. 내가 꿈꾸는 모습을 상상하며, 머릿속으로 계속 재현해보라는 것이다. 그렇다. 생각해보면, 어릴 적 나는 '꿈'에 대한 기대감이 있었다. 하지만 성인이 되어서는 없어졌다. 그것이 악몽을 꾸게 만든 것 아닐까?

다시, 아리아드네로 돌아와 보자. 버림받은 그녀는 어떻게 되었을까? '전화위복'의 삶을 살았다. 꿈에서 깨어보니, 인간이 아닌 신이 자신을 기다리고 있었다. 바로 바쿠스였다. 그녀는 바쿠스와 행복한 결혼생활을 하고, 죽은 후에는 하늘의 별이 되었다. 반면, 아리아드네를 버리고 간 테세우스는 말년이 좋지 못했다. 한 여인의 꿈을 짓밟은 사람의 최후이다.

나의 진정으로 꾸고 싶은 꿈은 무엇인가? 그리고 그 꿈을 기대하며 살고 있는가?

존 헨리 푸셀리
악몽
1781

프란체스코 데 고야 | 곤봉 싸움 | 1820-1823

층간소음

~~~~~~ 두 남자가 곤봉을 들고 싸우고 있다. 궁정화가에서 은퇴한 고야(1746~1828)는 마드리드 서쪽 '귀머거리 집'이라고 불리는 집을 구입해 거주했는데, 이때 그린 14점의 '검은 그림' 중 하나이다. 이 집에 그려진 벽화들은 어둡고 무서운 그림들이 많아 그렇게 불렀다고 한다. 고야가 '검은 그림'을 그린 것은 당시 에스파냐의 비참한 현실과 자신의 처지 때문일 수도 있다.

안타깝지만, 고야가 살았던 시대상은 현대에서도 다른 방식으로 일어나고 있다. 대표적인 것이 층간소음이다.

난리도 이런 난리가 없다. 위층에서 쿵쾅거리는 소리가 끊
~~~~~~

임없이 들린다. 전쟁 중이라는 표현이 맞을 것이다. 임신했던 아내는 잠을 제대로 못 자 화가 많이 났다. 위층으로 올라간 나는 딩동~ 초인종을 누르고 조용히 다닐 수 있도록 부탁드렸다. 그러나 이 방문은 큰 성과가 없었다. 얼마 후 다시 시끄러워졌기 때문이다. 매주 반복되는 일이었기 때문에 우리는 많이 예민해졌다.

반대의 경우도 있었다. 이사 후 얼마 안 돼서, 아랫집에서 찾아왔다. 우리 집이 너무 시끄럽다는 것이다. 최대한 조용하게 다녔다고 생각했지만 아니었나 보다. 제법 많이 찾아왔기 때문에, 선물을 드렸던 기억이 난다.

층간소음은 가해자와 피해자를 모두 경험하는 경우란 생각이 든다. 그리고 이것은 삶 속 인간관계와 유사하다. 사회생활을 하다 보면, 가장 어려운 것 중 하나가 인간관계라는 점이다. 업무는 해결책이 보이지만, 사람의 마음은 보이지 않는다.

윌리엄 터너의 그림처럼 말이다. 윌리엄 터너(1775~1851)는 영국의 국민화가이자 '대기의 화가'로 불린다(그에 대한 영국인들의 사랑은 대단하다. 새로 나오는 영국 신권의 주인공이자, 영국인들이 가장 사랑하는 인물 1위로 꼽혔다.) 그는 낭만주의 화가로 분류되지만, 인상주의자들에게 많은 영감을 주었다. 그가 그린 이 그림을 보면 무엇을 그린 것인지 잘 모르는 것이 포인트다. 제목을 지우면 어떤 그림인지 판단하기 어렵다. 사람 관계도 마찬가지라는 생각이다. 같이 근무하던 동료(동료 대신 연인으로 읽어도 무방하다)가 있었다. 하지만 그 동료가 어느 날 나에게 상당히 냉랭하게 대하는 것이 아닌가? 잘못한 것이 없다고 생각했던 나는 그 이유를 물었다. 하지만 동료는 나의 질문에 더 화를 냈다. 이 상황이 딱 터너의 그림을 마주할 때의 심정과 같다.

이 그림의 제목은 〈눈보라〉이다. 제목을 듣고 다시 그림을 보면, 수긍이 간다. 눈보라의 격정적인 순간이 더 오롯이 느껴진다. 또한, 눈보라 가운데 있는 배가 위태해 보이는 것도 알 수 있다. 윌리엄 터너는 이 그림을 그리기 위해 67세의 나이에 직접 배에 탔다. 그리고 4시간 동안 폭풍을 경험했다. 역시나, 대다수의 평론가들은 이 그림을 비판했다. "비누 거품과 회반죽 덩어리"라는 것이 그들의 평가였다. 하지만 터너는 비웃으며 한마디했다.

"바다로 나가보라!"

직접 경험한 자만이 할 수 있는 말이며, 풍경화이다. 당대 미술 평론가였던 러스킨은 "터너의 작품은 세상을 보는 새로운 방식을 알려준다."라고 평가했다. 터너의 그림은 실제 자신이 경험한 상황을 표현한 그림들이다. 그래서 그림을 보는 사람들

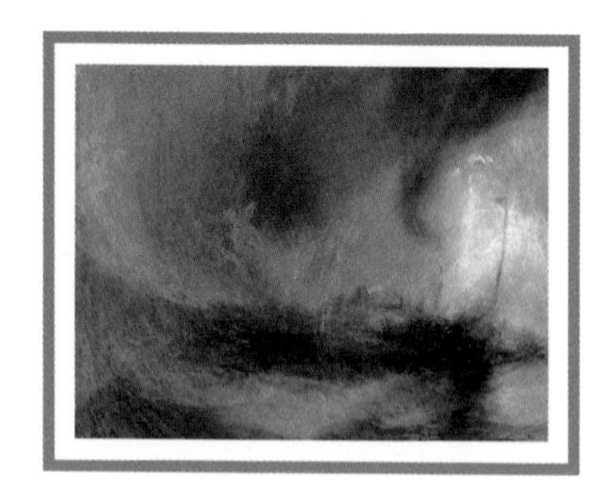

조지프 말로드 윌리엄 터너
눈보라
1842

에게 심리적으로 체험하게 만든다.

나중에 알게 된 사실이지만, 그때 그 동료가 화가 났던 것은 배려하지 않았던 행동 때문이었다. 그것을 알게 된 후 사과했고, 우리 둘은 이전보다 더 친한 동료 이상의 관계가 되었다. 동료의 내밀한 감정의 상태를 듣고 나서 그 상황을 이해하게 된 것처럼, 인간관계는 매우 섬세하고, 체험적이다. 그리고 쌍방향적이다. 반대로 내가 피해자가 된 적도 있었다. 하지만 피해자가 된 경우 내가 후배였기 때문에 쉽게 풀리지 않았고, 업무적인 관계로 끝나버렸다.

인간관계든, 층간소음이든 결국 서로에 대한 이해가 전제되어야 해결된다. 고야의 그림 속 인물들처럼, 곤봉을 들고 서로를 죽이듯 달려들기 전에, 터너처럼 각자의 삶을 직접 공감하고 표현해 보면 어떨까?

연말정산은 어려워

～～～～～ 13월의 월급이라고 불리던 시절이 있었다. 하지만 그것은 옛말이다. 나는 매년 연말정산을 할 때마다 세금을 낸다. 내가 그만큼 소비를 하지 못했기 때문이라지만 아까운 것은 어쩔 수 없다. 각종 세금 절약 방법이 나돈다. 하지만 나는 13월의 월급은커녕, 60~70만 원가량을 더 내야 한다. '도대체 받는 사람이 있을까?'라는 합리적 의심이 든다.

이런 나에게 위로를 하자면, 세금은 '신의 아들'이었던 예수도 피해가지 못했다. 최초로 원근법을 그림에 적용한 마사초(1401~1428)가 그린 〈성전세〉를 보면, 세금을 내는 예수의 모

마사초 | 성전세 | 1425

습이 보인다. 성전에 들어가기 위해 '신의 아들' 예수는 어부 출신의 제자 베드로를 시켜 낚시로 잡은 물고기 입안의 돈을 빼서 세금으로 냈다고 한다.

'신의 아들'도 피해 가지 못했던 세금. 삶에서는 감정으로 세금을 내는 경우가 많다. 누구도 피해갈 수 없다. 그것은 연말정산처럼 내가 이득을 보기 매우 어려운 구조다. 연말정산을 하면 손해 본다는 기분이 드는 이유는 '많이 썼는데, 왜 세금을 더 내지?'라는 불만 때문이다. 신용카드로도 돈을 썼고, 현금으로 썼다. 총량으로 따지면 나는 충분히 돈을 썼다. 그래서 나는 돈을 받아야 할 대상이라고 생각하는 경우가 많다. 하지만 막상 연말정산을 하면, 혜택을 받을 수 있는 조건들을 교묘하게 피해간 나의 소비습관을 발견하게 된다. '얼마나 썼느냐가 아니라 어떻게 썼느냐가 중요한 것이다'라는 인생의 교훈은 덤이다.

이것은 감점의 연말정산에도 그대로 적용된다. 분명, 누군가에게 많은 사랑을 줬다고 생각했다. 하지만 돌아온 것은 매몰찬 말일 때가 있다. 어떨 때는 반대의 경우도 있다. 내가 준 사랑보다, 더 큰 사랑을 받기도 한다. 이 두 가지 사례는 결혼식 때 확인할 수 있다. 분명 올 줄 알았던 지인이 오지 않으면 감정의 연말정산에서 손해 본 것이다. 반면, 기대하지 않았던 지인이 올 때 감사함이 더 크다.

감정의 세금이 중요한 것은 연말정산의 형태로 나에게 돌아오기 때문이다. 그래서 의도하지 않은 감정의 세금이 늘어나면 감정의 통장이 흔들리게 된다. 내가 연말정산으로 60~70만 원을 더 내야 할 때 그랬다. 다음 달 월급이 깎이면서, 얼마간은 생활하기가 쉽지 않았다. 감정의 연말정산도 마찬가지다. 감정의 연말정산을 제대로 환급받아야 하는 이유다.

14세기 초, 조토(1267~1337)가 그린 〈애도〉는 감정의 연말정산을 돌려받는 방법을 제대로 표현한 그림 중 하나이다. 엔리코 스크로베니가 지은 교회 속 천장과 4개의 벽면에 그려진 벽화 중 하나인 〈애도〉는 당시에는 매우 특별한 그림이었다.

신이 중심이었던 중세시대, 감정을 이렇게 표현한 그림은 없었다. 그림 속 장면은 예수가 죽을 때의 모습을 담고 있다. 이때, 천사들의 모습에 주목해보자. 그들은 허리를 꺾고 슬퍼하고 있다. 감정을 극대화로 표현했다. 이 그림을 봤던 중세인들은 '카타르시스'를 느꼈을 것이다. 그래서 조토를 가리켜, '르네상스 미술의 첫 화가'라 불리기도 한다. 내면의 감정을 표현했기 때문이다.

나는 감정 소비는 이렇게 해야 한다고 생각한다. '희로애락'의 순간에 맞춰 감정을 드러내는 것. 이것이 감정의 연말정산에서 승리하는 법이라 생각한다. 누군가의 감정 쓰레기통이 되어 계속되는 감정 연말정산의 피해자가 아닌, 나의 감정을 먼저 표현할 수 있어야 한다. 그런 의미에서 연말정산의 결과에 큰 분노를 고함으로 표출해 본다.

조토 디 본도네
애도
1305

아메리카노 말고, 스페니쉬 라떼

~~~~~~ 가장 어려운 선택 중 하나는 음식을 고르는 것이다. 특히 배달음식을 먹는 날이 증가하면서, 매번 다른 음식을 고르기란 쉽지 않다. 주문할 때는 '짬뽕'이 먹고 싶었는데, 막상 음식을 받으니 '짜장면'이 먹고 싶어지는 경우도 있다. 때에 따라서는 둘 다 먹고 싶다. 음식 앞에서 고민하는 나의 모습 속에서 〈갈림길의 헤라클레스〉가 생각난다.

바로크 시대 화가였던 안니발 카라치(1560~1609)는 미덕과 악덕의 여신 사이에서 고민하고 있는 헤라클레스를 효과적으로 표현했다. 험난한 길을 보여주는 미덕의 여신은 '고난 후 찾아올 명예'를 제시한다. 반면, 악덕의 여신은 '향락과 쾌락'을
~~~~~~

제시한다. 그러나 여신의 밑에는 기만과 거짓을 상징하는 가면이 놓여 있다. 헤라클레스는 결국 미덕의 여신을 선택했고, 12 과업의 고난을 통해 영웅이 되었다.

헤라클레스와 나의 공통점은 '고민'한다는 점이고, 다른 점은 선택지가 다르다는 점이다. 음식을 고를 때 나의 모습에서 잘 드러나지 않는가? 새로운 모험보다는 안전을 추구한다. 자취생활을 할 때였다. 새로운 음식에 대한 도전이 두려웠던 나는 근 한 달간 카레만 먹었다. 3분 카레는 맛이 똑같았고, 내가

안니발 카라치 | 갈림길의 헤라클레스 | 1596

먹을 만했기 때문이다.

커피 마실 때도 그렇다. 항상 아메리카노만 먹는다. 속된 말로 난 '더워 죽어도 핫 아메리카노'를 외치는 사람이다. 이런 내가 '지겨웠는지' 함께 커피를 사러 간 선생님이 말했다. "아메리카노 말고, 다른 것 좀 드셔보세요!"라고 말이다. 음…. 고민했다. 매번 아메리카노만 먹었다. 새로운 도전은 사절하고 싶었다. 그런데 '스페인'이라는 단어가 눈에 들어왔다. '스페니쉬 라떼' 스페인의 양치기들이 마신 라떼라는 소개가 곁들어 있었다. 스페인에 가고 싶었던 나는 이 커피를 골랐다. 새로운 도전이었는데, 성공적이었다. 이 커피 한 잔에 스페인을 맛본 느낌이었기 때문이다. 아메리카노와 다른 톡 쏘는 듯한 진한 라떼가 인상적이었다. 마치, 사전트(1856~1925)의 〈스페인 댄서〉처럼 말이다.

사전트는 미국 출신의 화가로서, 인물화의 대가로 알려져 있다. 그는 스페인 여행에서 본 열정적인 댄서의 모습을 기억하여 3년에 걸쳐 이 그림을 완성했다고 한다. 그에게는 파리 살롱전의 입상이란 명예를 가져다준 작품이다.

이 그림은 음악과 춤에 열광하는 댄서의 모습을 잘 보여주고 있다. 보면 볼수록 스페인풍의 노래가 들리는 듯하다. 이 커피가

존 싱어 사전트 | 스페인 댄서 | 1882

그렇다. 강렬한 태양과 스페인만의 이국적인 분위기가 느껴지는 커피였다. 새로운 도전 덕분에 알게 된맛이다. 그렇게 나의 커피 목록은 아메리카노에서 스페니쉬 라떼가 더 추가되었다. 가끔은 항상 하던 것에서 살짝 벗어나 도전해 보는 것도 필요하다.

인생의 소소한 도전을 조금씩 해보려 한다. 톡 쏘는 그 맛이 좋았기 때문이다. 헤라클레스는 이미 그 도전의 맛을 알았기 때문에 미덕의 여신과 손잡고 험난한 12과업을 수행했던 것은 아닐까? 헤라클레스를 생각하며, '스페니쉬 라떼'를 한 모금 마신다. 그렇게 내 안의 작은 헤라클레스가 커간다.

택배 상자

~~~~~ 스마트 폰을 확인한다. 택배가 도착할 시간을 예상해 본다. 퇴근 시간에 맞춰 도착하면 좋겠다는 생각을 하면 행복해진다. 내가 그렇게 원했던 물건을 마주할 수 있다는 기대감이 날 설레도록 만드는 것이다. 며칠을 기다렸던가? 이 순간을 기대하며 스마트 폰을 얼마나 만지작거렸나. 이 물건과 만남을 위해 몇 번이나 쇼핑몰을 들어갔고, 확인했다. 장바구니에 담았다가 빼기를 몇 번이나 했던가. 화면 속 물건은 자크 루이스 다비드(1748~1825)가 그린 〈알프스를 넘는 나폴레옹〉처럼 나를 지배했다.
~~~~~

다비드는 역사화를 웅장하게 그렸던 신고전주의를 대표하는 화가이다. 그가 그린 이 그림은 나폴레옹이 알프스산맥을 넘어 이탈리아를 정복하던 순간이 담겨있다. 백마 탄 나폴레옹은 영웅의 화신으로 묘사되어 있는데, 나폴레옹은 이 그림을 보고, 마음에 들어 몇 개를 더 주문했다고 한다. 당시, 나폴레옹은 유럽인들에게 영웅으로 인정받았다. 전제군주정을 몰아내고, 만인을 억압에서 구원할 자로 여겨졌기 때문이다.

쇼핑몰에서 봤던 물건의 자태는 최소한 나에게는 나폴레옹처럼 보였다. 드디어 집에 도착했다. 문 앞에 놓여 있는 택배 상자를 보고 심장이 멎는 줄 알았다. 그리고 택배 상자를 열었다. 하지만 상자 안에는 또 다른 작은 상자가 있었다. 포장지를 뜯고, 상자를 연 순간 나는 큰 실망감을 감출 수 없었다. 내가 상상했던 모습과 전혀 달랐기 때문이다. 그 순간의 짜증은 글로 다 표현할 수 없다. 분명, 쇼핑몰에서 봤던 사진의 모습과 색감이 너무나도 달랐다. 속은 기분이었다.

19세기 유럽인들도 마찬가지였다. 전제군주정을 몰아낼 혁명가로 여겼던 나폴레옹은 스스로 군주가 되었다. 그리고 황제가 되어 유럽을 정복하기 시작했다.

결국, 그는 황제에서 폐위되어 변방에서 죽어갔다. 그리고 그가 죽은 뒤에 그려진 폴 들라로슈(1797-1856)의 〈알프스를 넘는 나폴레옹〉은 다비드의 그림과 완전히 다른 모습으로 표현되었다. 백마가 아닌 노새를 타고 넘는 나폴레옹의 모습은 초라해 보이기까지 하다. 그는 이렇게 역사화를 통해 역사 속 인생의 허무함을 잘 표현한 화가였다.

나에게 있어 택배 상자의 개봉이 그랬다. 그리고 이것은 나의 모습이기도 하다. 역할이란 화장을 지우고 마주하는 나의 민낯. 그 안에서 초라하고 겁 많은 한 중년 남자를 발견하게 된다. 과포장된 택배 상자처럼, 나의 보잘것없음을 다른 것으로 채우고 있지는 않은가? 포장지보다, 나의 본 모습을 생각해 본다.

자크 루이드 다비드
알프스를 넘는 나폴레옹
1801

폴 들라로슈
알프스를 넘는 나폴레옹
1850

Hole in One

~~~~ 여행 중 형과 산책을 했다. 늦은 시간, 2시간 반가량을 걸으며 중년을 지나가는 형과 그 뒤를 따라가는 내가 대화를 나눴다. 사실, 형과 나는 그리 친하지 않다. 성향과 삶의 궤적이 달랐기 때문이다. 혈연이란 공통점을 빼면 연결고리가 없었다고 보는 것이 더 적절한 표현일 것이다. 항상 형을 볼 때마다 리고(1659~1743)가 그린 〈루이 14세〉가 생각났다. 그는 63세가 된, 루이 14세의 위세를 그림으로 잘 표현했다. 태양왕이라 불린 절대왕정의 상징처럼, 그는 우리 집에서 강력한 힘을 발휘했다. 나는 그런 형이 싫었다.
~~~~

이아생트 리고
루이 14세
1701

여행의 묘미는 갑작스러움이란 점이다. 같이 산책을 하시던 부모님이 먼저 들어가 버리셨다. 자연스럽게 형과 나만 둘이 남았다.

"골프해라."

언제나처럼 형은 뜬금없었고, 명령조로 이야기했다. 여행이라서 그랬을까? 평소에는 대답조차 하지 않았을 나였다. 하지만 형의 삶이 궁금해졌고 얼굴을 바라봤다. 마치, 산전수전 다 겪은 프로 골프 선수처럼 보였다. 예측할 수 없는 사업이란 필드를 거친 노련한 사장님으로 성장해서였을 수도 있다.

10년 전, 사업을 막 시작할 때의 형이 떠올랐다. 의욕이 넘치고, 항상 확신에 차 있었다. 1만 2천 분의 확률의 홀인원을 꿈꾸는 골퍼처럼. 만날 때마다 구체적인 목표 액수를 외치고, 외제차 브랜드만 고집하던 그였다. 루이 14세처럼 그는 자신감이 넘쳤다.

코로나19라는 위기를 맞이한 지금, 형은 이전보다 많이 움츠러들어 보였다. 그럴 만도 했다. 회사의 수입은 절반으로 떨어졌고, 사무실도 제법 많이 정리했기 때문이다. 사장으로서는 큰 위기의 순간이란 생각이 들었다.

그러나 대화를 하면서 알았다. 형은 움츠러든 것이 아니라 잠깐의 동면을 맞이한 곰처럼 내일을 기다리고 있었다. 10년 뒤, 자식들과 함께 필드에 나가 같이 골프를 치는 것이 꿈이라고 말했다. 100억대 자산가를 목표로 하며, '홀인원' 인생을 추구했던 사람의 꿈 치곤 너무 소소했다. 10년이란 시간이 그의 삶의 방향성을 변화시킨 것이었다.

형의 이야기를 들으면서 골프를 생각해봤다. 마이너스가 도리어 이득인 게임. 하지만 구멍에 공이 들어가야 승리하는 게임. 그렇다! 맥시멀리스트의 삶이 아닌, 미니멀리스트의 삶을 추구하는 것. 그리고 진정한 한 방의 플러스는 결정적 순간에 채우는 것. 그것이 골프였고, 형이 추구하는 삶이었다.

어쩌면, 그는 이 힘든 시기를 골프의 속성에서 해답을 찾은 것인지도 모르겠다. 가상의 골프채를 만들어 허공을 가르는 형의 뒷모습은 독일 낭만주의 화가였던 프리드리히의 〈안개 바다 위의 방랑자〉처럼 보였다.

프리드리히(1774~1840)는 자신의 그림을 통해 사람들이 자신의 내면을 마주하기 바란다고 했다. 그의 말처럼, 형의 뒷모습은 나에게 많은 생각을 하게 만들었다. 막막한 안개가 가득한 산봉우리에서 먼 미래를 느긋하게 바라보는 한 남자, 짙은 안개가 덮인 알베 사암 산맥을 바라보는 그의 뒷모습에서 많은 생각이 든다. 독일의 자유주의 운동을 주도했던 브레덴샤프트가 실패로 끝난 뒤, 단복을 입은 이 남자는 절박한 심정으로

이 산에 올라왔을 것이다. 그리고 어떤 생각을 하고 있을까? 내가 아는 형은 그렇게 어른이 되고 있었다. 그의 삶을 응원한다. 그리고 내 삶의 미래를 바라본다.

카스파르 다비드 프리드리히 | 안개 바다 위의 방랑자 | 1818

엘 그레코 | 오르가스 백작의 장례식 | 1586-1588

기억

영화 〈코코〉를 보고 눈물을 흘렸다. 기억해달라고 하는 노랫말 가사에 공감한 것인지도 모른다. 공감은 타인의 목소리를 듣는 것이라 한다. 나는 '기억'이란 단어 때문인 듯하다. 세상을 살다 보면 꼭 기억해야 하는 것들이 있다. 가족이 대표적일 것이다. 가족 중 한 명이 죽는다는 것은 어떤 의미일까?

그래서 사람들은 죽은 이들을 기억하고자, 그림으로 남겼다. 엘 그레코(1541~1614)가 그린 〈오르가스 백작의 장례식〉처럼. 이 그림은 에스파냐 톨레도의 오르가스 백작의 장례식을 추모

하며 만든 그림이다. 그런데 백작이 죽고 무려 250년이 지난 뒤에 만들었다고 한다. 그것은 백작이 생전 막대한 후원금을 교회에 지불했기 때문이다. 산토 토메 성당은 백작의 공적을 잊지 않기 위해 이 그림을 그렸다. 물론 다른 의미도 있다. 백작의 후손들이 백작의 유언처럼 기부를 계속하라는 압박도 담겨 있다. 엘 그레코는 매너리즘 시기의 화가로서 그리스, 베네치아, 이탈리아의 화풍을 뒤섞어 자신만의 자유분방한 스케치를 그렸던 화가이다. 그는 '불꽃의 화가'로 불리며, 스페인 미술의 3대 거장 중 한 명으로 알려져 있다. 엘 그레코는 그리스인을 뜻하는 것으로 크레타 섬에서 태어나 비잔틴 성화, 이탈리아 베네치아의 티치아노와 로마의 미켈란젤로, 라파엘로의 화풍을 받아들여 새로운 그림세계를 개척한 화가다. 그는 감성으로 그림을 그려 20세기 화가들에게 큰 영향을 주었다. 시대를 앞선 화가였기 때문일까? 그림은 동시대 다른 그림과 비교하여 독특하다.

그림 속 백작의 영혼이 하늘로 올라가는 장면이 인상적이다. 하늘의 두 성인이 백작의 장례식을 도왔다는 전설을 모티브로 제작되었다. 황금 옷을 입은 성인은 스테파노이고, 돌을 맞아 순교했다. 오른쪽 주교관을 쓴 성인은 아우구스티누스이다. 백작은 기독교의 전사란 뜻으로 갑옷을 입고 있으며, 하늘

위의 여성은 예수의 어머니 마리아이다.

나는 이 그림을 볼 때마다, 우리 할머니들도 저렇게 하늘로 올라가길 기도한다. 공교롭게도 나의 두 할머니는 모두 96세에 돌아가셨다. 나의 할머니들은 한 줌의 재가 되었다. 외할머니는 내가 임용고시가 떨어지던 날 쓰러지셨고 몇 년 후 돌아가셨다. 친할머니는 어느 순간 치매가 왔다. 그리고 점점 가족들을 잊어버리셨다. 결혼한 지 5년이 넘어가던 나에게 결혼을 했냐고 항상 물었고, 때로는 나를 기억하지 못했다. 점차적으로는 자신의 친아들이었던 나의 아버지마저 기억하지 못하셨다. 치매로 점차 자신의 기억을 하나, 둘씩 잊으셨다. 할머니들이 돌아가신 날 모든 가족을 만날 수 있었는데, 서로의 삶과 할머니의 추억을 더듬었다. 그렇게 우리는 할머니를 매개로 삶을 '기억'하는 시간을 가질 수 있었다.

잊힌다는 것은 어떤 의미일까? 내가 사랑했던 모든 존재를 기억하지 못한다는 것은 얼마나 두려운 일인가? 함께 했던 모든 순간이 깨진 유리 조각처럼 사라진다는 것은 상상하고 싶지 않다. 그래서 기억은 남은 자의 책무란 말이 떠오른다.

기억을 뜻하는 Memory는 '메모하다'에서 파생하였으며, 기억하기 위한 모든 행위를 뜻한다. 그리스-로마 신화에서는 므네모시네로 의인화되었는데, 기록의 여신으로 불리기도 한다.

단테 가브리엘 로세티
므네모시네
1875~1881

라파엘 전파의 일원이었던 로세티(1828~1882)는 그의 아내였던 엘리자베스 시달을 모델로 〈므네모시네:회상 혹은 기억〉을 그렸다. 그림 속 여신 므네모시네는 기억의 램프를 들고 있다. 로세티는 단테와 중세시대를 배경으로 그림을 그렸던 화가였는데, 주로 자신의 아내 시달을 모델로 삼았다. 시달은 로세티의 뮤즈로서 많은 예술적 영감을 주었기 때문이다. 그렇게 그들은 결혼하였으나 마냥 행복하지만은 않았다고 한다. 로세티의 잦은 바람 때문이었다. 결국, 시달은 약물 과다 사용으로 사망하였다. 로세티는 아내를 소재로 한 시집을 관 속에 같이 묻기도 했다. 아내가 죽어서도 자신을 잊지 않기를 바랐기 때문이다. 로세티는 시와 그림으로 그의 아내를 기억하고자 했다면, 나는 이 글로 두 할머니를 기억하고자 한다. 나를 사랑했던 박우심, 박희매 할머니를 기억하며….

존 윌리엄 워터하우스 | 판도라 | 1896

정기검진과

치실

~~~~~ 한 여인이 상자 앞에 무릎을 꿇고 있다. 그녀가 연 상자에서 무엇인가 빠져나오는 것이 보인다. 이 그림은 워터하우스(1849~1917)가 그린 〈판도라〉이다.

그리스-로마 신화 속 이야기에 등장하는 판도라는 인류의 어머니이다. 그녀는 제우스가 선물로 준 상자(원래는 항아리)를 보고 갈등한다. 하지만, 결국 상자를 열고 그 안에 있는 욕심, 시기, 질투, 질병들을 세상에 나가도록 만들어 버렸다. 이 그림이 떠오르는 순간이 있다. 바로 치과를 갈 때다.

제우스가 절대 열어보지 말라고 했던 판도라의 상자. 나에게는 제우스가 치과의사이며, 판도라 상자는 초콜릿 봉지라 할
~~~~~

수 있다. 그런 면에서 나는 확실히 판도라의 후예가 맞다. 선조가 했던 과오를 그대로 따라 하고 있지 않은가?

결국, 판도라가 열어 버린 상자로 인해 세상이 불행해졌듯, 나는 초콜릿 봉지를 열면서 충치를 마주해야 했다. 이것의 존재를 알게 된 것은 정기검진 덕분이다. 항상 그렇듯 정기검진은 걱정을 선불로 지불하길 요구한다.

'어디 치아가 안 좋은 것은 아닐까? 돈이 많이 드는 것은 아닐까?'

특히나 나는 치아 뿌리가 약해, 평소에도 치아 관리를 잘해야 했지만 30대 초반까지는 누구나 그러듯 신경 쓰지도 않았다. 그 결과 충치의 판도라 상자가 열렸다. 충치 4곳, 사랑니 4곳. 무려 8곳을 손봐야 했기 때문이다. 금액적인 손해는 글로 쓰지 않겠다. 치아에 이어 마음까지 아파지고 싶지 않다. 상자를 연 판도라처럼, 나는 표정이 어두워졌고 과거의 날 탓했다. 치과의사는 나에게 치아 관리를 정말 잘해야 한다며, 신신당부한다.

"1년에 꼭 두 번 정도 스케일링하세요. 고객님은 치아가 남들보다 잇몸에 깊게 박혀있지 않으니 꼭 치석을 제거하셔야 합니다."

그 이후로 나는 치실을 사서 매일 사용하고 있다. 물론, 달달

한 초콜릿과도 '손절'했다. 덕분에 나는 지금은 더 이상 충치가 생기지 않고 있다. 꾸준한 치실 사용 덕분이다.

마음도 치석이 쌓이면, 충치가 생기는 것 같다. 마음의 판도라 상자가 열리면, 욕심과 질투, 시기가 스멀스멀 올라온다. 그리고 마음의 충치가 생기고 마음은 썩는다. 그래서 마음의 치실을 꾸준하게 사용해야 한다. 치석이 생기지 않도록 말이다. 사소한 마음속 불만들, 시기, 질투, 욕심을 내버려 두지 말자. 그날의 마음속 치석들은 치실로 제거해야 한다.

마음의 치실을 잘 보여주는 그림이 있다. 바로 김정희의 〈세한도〉이다. 김정희(1786~1856)는 55세의 나이에 8년간 제주도에서 유배생활을 했다. 모든 이들에게 잊혔던 유배객 김정희를 챙겨준 것은 중인 출신의 이상적이었다. 세 그루의 측백나무와 한 그루의 소나무, 품푹 내려 앉은 집 한 채를 통해 김정희는 이상적에 대한 감사의 마음을 담았다. 김정희는 유배생활을 통해 세상에 대한 분노를 예술로 승화시켰던 것이다. 그에게 있어 치실은 추사체이자, 〈세한도〉였다.

나의 치실은 '반신욕'이다. 하루가 끝나는 밤 10~11시. 나는 반신욕을 하며 마음의 치석을 제거한다. 노래를 듣고, 책을 보며 하루를 돌아본다. 덕분에 마음의 치실이 제법 단단해졌다.

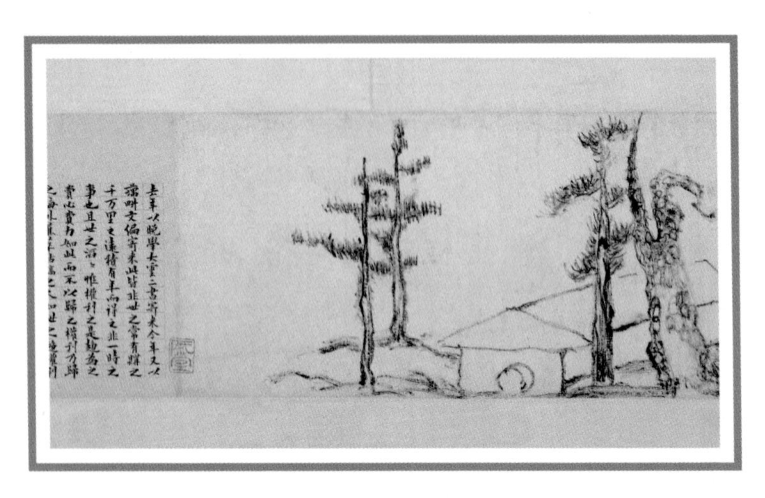

김정희 | 세한도 | 1844

아직은 더 많은 치실이 필요하다. 이 치실을 찾는 것 자체가 삶을 더 의미 있게 만드는 순간임을 깨닫는다.

End?

And!

~~~~ 공식적인 마지막 출근일이다. 다음 주부터는 육아 휴직에 들어가기 때문이다. 내 책상의 짐을 하나둘씩 정리하고, 고생한 동료들과 인사를 나눴다. 너저분하던 짐들이 하나, 둘씩 빠지자, 내 책상에서 나의 존재는 지워졌다. 이제 남은 것은 반납할 노트북과 전화기 하나. 결국, 그 많던 것들은 쓸모없던 것이었나? 책상은 내 인생의 한 사이클이 끝났음을 보여주는 것 같았다. 그리고 나의 쓸모도 끝난 것 같았다.

이것은 마치, 얀 얀스 트렉(1606~1625)의 〈바니타스 정물〉와 같다. 정물화는 17세기 네덜란드에서 유행했는데, 종교개혁과 성장하는 시민들의 미의식이 반영되었다. 원래 정물화는 그림
~~~~

으로 인정받지 못했다. 하지만 종교개혁을 통해 종교적 그림이 쇠퇴하고, 17세기 네덜란드의 경제적 부가 증가하면서 시민들의 집 인테리어를 담당할 그림들이 필요해졌다. 정물화는 그런 점에서 네덜란드 시민들에게 적합한 그림 주제였다. 다양하고 신비한 해외의 물산, 풍요로움, 내면적 신앙을 중시하는 프로테스탄트의 종교정신까지 모두 담을 수 있었기 때문이다.

이 그림도 마찬가지다. 고급스러운 술잔, 투구, 과일이 그려져 있다. 그러나 〈바니타스 정물〉은 메멘토 모리(Memento mori, 죽음을 기억하라)를 주제로 삼은 그림이다. 그림의 제목인, 바니타스는 라틴어로 허무를 의미한다. 술잔과 투구, 과일은 쾌락과 무력, 욕구와 대응되는데 해골을 그려 넣음으로써 허무한 삶을 잘 보여주고 있다.

휴직을 앞두고, 이 그림이 생각 난 것은 허무함 때문이었다. 치열했던 직장생활의 순간들이 의미 없어졌다. 마치 여행지의 종착지에 이른 여행자처럼.

허탈한 마음을 숨기고 집에 들어와 다윤이를 바라봤다. 순간, 나는 웃음이 나왔다. 아빠를 반기듯 쌩긋쌩긋 웃는 그녀의 모습을 보면서 가슴이 뛰었기 때문이다.

얀 얀스 트렉 | 바니타스 정물 | 1648

그렇다! 이제, 다윤이와 함께하는 여행을 시작할 때다! 주변을 둘러보니, 아내, 처제, 장모님, 강이, 산이가 나를 바라보고 있었다. 앞으로 육아 여행을 함께할 동료들이었다.

다시 무엇인가 시작할 것이 있다는 것. 그리고 함께 갈 여행의 동료들이 있다는 것. 이 두 가지가 내 삶의 여행을 지탱할 힘이란 생각이 들었다. 내 딸은 나에게 가슴을 뛰게 만든 존재다. 가치(Value)의 어원은 '생명력 있는'이란 뜻을 지닌 라틴어 'Valere'에서 나왔다고 한다. 그렇게 본다면, 나는 다윤이와 함께할 육아휴직이 가장 가치 있는 순간이 될 것이라는 확신이 들었다.

칼 라르손(1853~1919)처럼, 육아를 해야겠다는 생각이 들며 그의 그림을 바라봤다. 자녀가 무려 8명이나 되었던 그는 스웨덴의 국민화가로 불린다. 그림 속 소재는 자식들이었을 만큼, 딸, 아들 바보였던 화가. 그가 머릿속에서 떠오른 것은 내 새로운 여행 선배로 보였기 때문이다. 자신의 딸 부리타를 번쩍 든 그의 모습은 나의 자화상이기도 하다.

나는 끝이 아닌, 새로운 시작점에 서 있다!

칼 라르손
브리타가 있는 자화상
1895

PART 3

따뜻한 그림 한 점의 위로

카이로스 만들기

~~~~ 2021. 4. 2. A.M. 10:41, 내 인생의 '터닝 포인트(Turning Point)'가 일어난 시간이다. 내 딸 다윤이가 세상에 태어난 날이자, 부모의 세계에 들어섰기 때문이다. 그 순간은 내 삶의 기점이 되었다. 딸의 탄생을 생각하면 항상 떠오르는 그림이 하나가 있다. 미켈란젤로(1475~1564)의 천지창조 중 〈아담의 탄생〉이다.

시스티나 대성당의 천장화를 그려야 하는 것은 조각가였던 미켈란젤로에게 엄청난 도전이었다. 33살의 나이였다. 그는 피렌체의 전문가들에게 천장화를 배우며 20미터 높이, 300평
~~~~

이상의 면적을 300명이 넘는 사람의 형상으로 채워나갔다. 무려 4년의 시간이 걸렸다. 조각가였기 때문에 가능한 인체의 역동적인 형태가 압권인 역작이다. 그 어려운 도전을 미켈란젤로는 성공한 것이다. 이 위대한 천장화 중 가장 인상적인 장면이 바로 〈아담의 탄생〉이다

그 어떤 화가와 예술가가 이처럼 창조의 순간을 창의적으로 표현할 수 있을까? 아담의 손과 하나님의 손이 닿는 그 순간, 인간은 생기를 얻고 삶을 얻었으며, 역사가 시작되었다. 그동안 수십 번의 4월 2일을 맞이했다. 하지만 기억에 남는 순간은 없었다. 나에게 있어 의미 없는 '그저 그런 날'이었다. 이런 시간을 가리켜 '크로노스(Chronos)'라고 한다. 흘러가는 시간이다. 하지만 딱 한 번, 2021년의 4월 2일은 다르게 다가왔다. 그녀가 태어났기 때문이다. '카이로스(Kairos)'의 순간이다. 의미와 가치가 공존하는 시간이다. 시간은 크로노스와 카이로스로 흘러간다. 어쩌면, 수많은 크로노스를 카이로스로 바꿔 가는 삶이 인생을 행복하게 사는 비법인지도 모른다. 그런 면에서 나는 최대한 많은 순간을 카이로스로 마주하려고 노력한다. 소소한 것에 의미를 부여하고, 그 가치를 소중하게 여기는 것. 그것이 내가 크로노스를 카이로스 바꾸는 방법이다.

미켈란젤로 부오나로티
아담의 탄생
1510

'빛의 화가'로 불린 페르메이르(1632~1675)는 소소함을 포착할 줄 아는 화가였다. 그의 삶은 수수께끼로 가득하며, 잘 알려진 것도 없다. 작품의 수도 많지 않다. 고작 30여 점 남짓에 불가하기 때문이다. 그럼에도 불구하고 그는 네덜란드 출신의 화가로서 거장으로 불린다. 이유는 무엇일까? 바로, '카메라 옵스큐라'라고 하는 암상자를 활용하여 디테일한 사물묘사에 능숙했기 때문이다. 또한, 다양한 상징과 의미를 그림 곳곳에 담아 그림을 볼 때 많은 생각을 하게 했다. 이렇게만 보면, 왕과 고관대작을 대상으로 한 화려한 그림을 그렸을 것이라 생각하기 쉽다. 하지만 페르메이르는 17세기 네덜란드 시민들의 삶을 그렸다. 그는 네덜란드의 작은 도시, 델프트에서 여관을 하며 살았다. 아마도 여관을 하면서 많은 이들을 관찰했을 것이다. 그런 관찰의 결과 중 하나가 바로 〈우유 따르는 여인〉이라 할 수 있다. 그림은 소박한 삶을 살아가는 여인의 모습을 잘 보여준다. 평화로운 일상 속 우유를 따르는 그녀의 모습에서 페르메이르는 무엇을 발견한 것일까? 먼저 이 질문에 답하기 전에 이 해답부터 풀어야 한다.

그는 왜 하녀처럼 보이는 여인의 앞치마를 고가의 '울트라 마린'을 사용하여 채색했을까? 울트라 마린은 아프가니스탄에서

요하네스 얀 페르메이르 | 우유 따르는 여인 | 1658

수입한 최고급 안료였다. 황금과 동일한 가치를 지녔으며, 성모 마리아를 채색하거나 신의 권위를 표현할 때만 사용했던 색이다. 하지만 페르메이르는 하녀의 앞치마에 사용했다. 그것은 그 순간을 '카이로스'로 받아들였기 때문이다. 하녀로 표현되는 우유 따르는 그 평온한 순간이 그에게 의미 있었던 것은 아니었을까? 나만의 카이로스를 생각해본다. 그리고 그 순간들을 다시 되뇌어 본다.

자식이란 이유로 사랑만 받았던 순간, 여러 형태의 시험 속 좌절과 절망의 순간, 아내와 함께했던 사랑의 순간, 유산의 아픔을 견뎌야 했던 슬픔의 순간, 다윤이가 태어난 기쁨의 순간… 이 모든 순간을 떠올리며, 나의 가장 소중한 존재를 바라본다. 그녀가 있기에, 덕분에 내 삶은 더 소중하게 빛나고 있다.

각자만의 카이로스는 무엇인가? 그리고 그 무엇이 나를 더 빛나게 만드는가?

별이 빛나는 밤

~~~~ 반 고흐(1853~1890)의 〈론강의 별이 빛나는 밤〉은 내가 가장 좋아하는 그림이다. 군대에서 돈을 주고 이 그림을 구매했다면, 말 다한 것 아닌가. 나에게 군 생활은 반 고흐가 마주한 현실과 비슷했다. 인정받지 못했고, 좌절만 가득했다. 힘들 때 이 그림을 바라봤고, 위로를 받았다. 그리고 반 고흐를 생각했다. 옐로 하우스로 불리는 아를의 집에서 살았던 그는 고갱이 오기 한 달 전에 이 그림을 그렸다고 한다. 밝게 빛나는 별은 그에게 어떤 의미였을까? 별을 등지고 걷고 있는 부부에게 별은 어떤 의미였을까? 그는 편지에서 별에 대해 이렇게 썼다.
~~~~

빈센트 반 고흐 | 론강의 별이 빛나는 밤 | 1888

"나는 지금 아를의 강가에 앉아 있네. 오른쪽 귀에선 강물 소리가 들리고 별들은 알 수 없는 매혹으로 빛나고 있지만 저 아름다움 속에 얼마나 많은 고통을 숨기고 있을까?"

반 고흐는 별을 바라보며, '고통'을 생각했다. 별(Star)의 어원은 '상처(Scar)'에서 유래했다고 한다. 상처는 아물면, 더 단단해진다. 별도 그렇다. 밝게 빛나는 별은 그만큼 많은 상처를 입었기 때문일 것이다. 그런 이유 때문인지, 반 고흐는 정신병으로 입원한 생폴 드 모졸 요양원에서 〈별이 빛나는 밤〉을 그린 것이리라. 그만큼 상처 입은 자신을 마주했기 때문이다. 군대 전역 후 나는 항상 이 그림을 가지고 다녔다. 그리고 이사하는 집에 걸어놨다. 이 그림이 내 가슴을 울렸던 것은 나의 상처를 건드리며, 별이 되는 순간을 기다렸기 때문일 것이다.

나와 아내에게 있어 '별'은 내 딸이다. 우리의 별을 만나기까지의 여정은 반 고흐의 삶처럼, 매번 실패가 가득한 순간들이었다. 결혼 후 6년 동안 아이가 생기지 않았다. 많은 이들이 위로라는 형태로 상처를 주었다.

"언제 아기가 생기니?"

"문제가 있는 것 아니니?"

그 말들은 우리 부부의 가슴을 후벼 팠고, 우리의 기분을 블랙홀처럼 만들었다. 수차례의 인공수정과 시험관 아기 시술 끝에 임신이 되었다. 상처가 드디어 별이 된 것이다! 그 당시, 우리는 유기묘 출신의 고양이(강이와 산이)를 입양했기 때문에, 태명을 '강산이'로 지었다. 두 고양이 덕분에 임신이 된 것 같았기 때문이다. 하지만 몇 주 후 그 아기는 우리와 이별했다. 그리고 아내는 고통을 참으며, 반년 후 '산들이'를 임신했다. 태명 때문이었을까? '산들이'는 바람처럼 우리 곁을 떠났다.

매번 배를 찌르는 주사를 맞으며, 약을 먹었던 아내의 모습은 월터 랭글리(1852~1922)의 〈저녁이 가지만, 아침이 오지만, 가슴은 무너지는구나〉를 떠올리게 했다. 그는 19세기 말 영국 콘월의 뉴린이라는 어촌 마을에 머물면서 어부 가족들의 모습을 주로 그렸다. 그가 그린 그림 속 할머니처럼, 나는 아내를 위로만 해줄 뿐이었다. 미안한 마음만 가득했다. 그녀에게 그 어떤 말이 위로될 수 있을까? 그림 속 여인처럼 울먹이는 아내에게 해줄 수 있는 말은 없었다. 하지만 아내는 포기하지 않았다. 다시 배에 주사를 맞으며, 약을 먹었다. 그리고 그 상처들이 모여, 다윤이란 별이 되었다. 아내는 태명을 '딱풀이'로 지었다. 딱 달라붙어 있으라는 그녀의 소망이 담긴 태명이었다.

때로는 상처의 크기가 너무 커 회복이 되지 않을 때가 있다. "왜 나에게만 이런 일이…"라는 한탄과 슬픔이 삶을 집어삼킬

월터 랭글리
저녁이 가지만, 아침은 오지만,
가슴이 무너지는구나
1850

때도 있다. 그 순간, 어떤 위로의 말보다 함께 토닥일 수 있는 존재가 있다는 것은 큰 힘이 된다.

사람들은 각자만의 별이 있다. 그리고 그 별이 빛나기까지, 수많은 상처가 생겼다가 사라졌다. 이것을 알게 된 후로는 함부로 누군가를 '위로'한다는 것이 얼마나 큰 상처가 될 수 있는지 깨달았다. 진정한 위로는 그 상처를 말없이, 토닥거려주는 것이리라. 만약, 반 고흐를 만날 수 있다면, 그의 어깨를 한번 토닥여 주고 싶다. 그의 별을 함께 바라보며!

바르톨로메 에스테반 무리요 | 수태고지 | 1668

시그널

~~~~~~ 전화가 왔다. 기다렸던 울림이었다. 아내와 나는 마시던 커피를 내려놓고, 기도하는 마음으로 전화를 받았다. 그리고 임신 소식을 들었다. 우리는 기쁜 환호의 소리를 질렀다. 그렇게 다윤이가 찾아왔다. 아내는 나에게 그동안 말하지 않았던 태몽을 이야기 꺼냈다. 아내의 태몽 이야기를 듣다 보니, 무리요(1617~1682)의 〈수태고지〉가 생각이 났다.

수태고지는 '알리다'는 뜻으로, 예수의 임신을 천사 가브리엘이 마리아에게 예고한 사건을 말한다. 무리요는 스페인의 바로크 화풍의 화가였다. 그는 세비야의 빈민에서 태어나, 10살에 부모님을 잃어 고아가 되었지만 절망하지 않았다. 그리고
~~~~~~

에스파냐 최고의 화가가 되었다. 무려 12명의 아이를 혼자 키울 정도로 자녀들을 많이 낳았다. 그래서 그의 그림에는 행복한 표정을 짓는 아기들과 가정의 일상이 잘 표현되어 있다. 아름다운 그림을 그렸던 그에게 사람들은 에스파냐의 '라파엘로'라는 명예로운 호칭으로 불렀다. 명성만큼, 수태고지의 순간을 아름답게 그렸다. 그림 속 여인은 마리아다. 예수의 친모였다. 날개 달린 천사는 마리아에게 예수를 잉태할 것임을 알리고 있다. 머리 위 비둘기는 '성령'을 상징한다. 천사의 이야기를 들은 마리아는 임신 소식을 듣고, 얼마나 놀랍고 기뻤을까? 우리 아내처럼.

아내의 태몽 이야기는 흥미로웠다. 태몽 속 동물은 고양이였기 때문이다. 고양이가 새끼를 낳는 꿈을 꾼 것이다. 태몽을 검색해 보니, '남들에게 인기가 좋고, 단체생활에 잘 적응하는 아이를 잉태할 징조'라고 한다. 믿거나 말거나 일 수 있지만, 임신이 되었다는 사실 하나만으로 너무나 큰 기쁨이었다. 아내가 고양이를 태몽으로 꾼 것은 강이와 산이 덕분일 것이다. 그녀석들은 자식과 같았고, 유산에 지친 아내를 위로해준 존재들이었다.

종을 떠나, 강이와 산이는 우리 가족이다. 그렇게 본다면 강이와 산이 입장에서는 동생이 생긴 것이다. 〈고양이를 안은 줄리

피에르 오귀스트 르누아르 | 고양이를 안은 줄리 마네 | 1887

마네〉 속 줄리 마네처럼, 우리 아기는 고양이들과 좋은 관계를 유지할 것이다. 태몽 자체가 고양이 아닌가?

그림은 르누아르(1841~1919)가 그렸는데, 역시나 '행복의 화가' 다운 그림이다. 아름답고 행복한 기운이 느껴진다. 고양이의 표정에서 모든 것이 드러난다. 만족도가 극에 달할 때의 표정이다. 줄리 마네와 고양이의 관계가 좋았음을 알 수 있다. 줄리 마네는 그 유명한 마네의 조카이자, 모리조의 딸이다.

내 딸과의 만남을 기대하며 하루, 하루를 보냈다. 아내와 함께 육아 책을 사서 공부하다 보니, 9개월의 시간이 지나갔다. 잘 때마다 책을 읽어주며 태아와 대화를 나누면서 작은 태동 하나하나에 반응했다. 태동이 늘어난다는 것은 곧 만난다는 시그널이기도 했다.

지금 생각해보면, 태몽은 임신의 시그널이었다. 소소한 시그널이 연결되면 희망은 현실이 된다. 다만, 내가 그 순간들을 놓쳤을 뿐이다. 혹시, 더 놓치고 있는 중요한 시그널은 없을까? 꼬르륵… 배가 고프다. 먼저 이 시그널부터 해결하자!

아몬드
꽃 필 무렵

~~~~ 수월하게 이뤄질 것이란 예상과 달리, 출산은 긴박했다. 갑자기 양수가 마르기 시작한 것이다. 산모와 아기의 건강을 위해 제왕절개를 해야만 했고, 출산 예정일은 앞당겨졌다. 그렇게 다윤이를 조금 더 일찍 만나게 되었다. 다행스럽게도 아내와 딸아이는 건강했다. 조리원에 있는 시간을 활용해 나는 아기 침대 위에 걸어 둘 그림을 준비했다. 바로 반 고흐(1853~1890)의 〈꽃피는 아몬드 나무〉이다.

이 그림은 반 고흐가 막 태어난 조카를 위해 그린 그림이다. 동생 테오는 형의 이름인 빈센트를 따와서 아들 이름으로 정했다. 반 고흐는 너무나 기뻐, 어머니에게 이렇게 편지를 썼다.
~~~~

“아기를 위해 침실에 걸 수 있는 그림을 그리기 시작했어요. 파란 하늘을 배경으로 하얀 아몬드 꽃이 만발한 커다란 나뭇가지 그림이랍니다.”

아몬드 꽃은 진실한 사랑과 희망을 뜻한다. 그리고 봄이 되면 가장 먼저 피는 꽃 중 하나였다. 반 고흐는 아몬드 꽃을 그리며, 조카에 대한 사랑을 표현하고자 했던 것이다. 공교롭게도, 아몬드 꽃은 4월의 탄생화라고 한다. 내 딸이 태어난 달의 탄생화가 아몬드 꽃이라니!

2.55kg, 출산 후 마주한 딸아이는 정말 작았으나 목소리 하나는 우렁찼다. 손가락과 발가락도 문제없었다. 엄마와 마주한 그녀는 언제 울었냐는 듯 새침한 표정을 짓고 있었다. 아내와 함께 있는 작은 그녀의 모습은 상상만 했던 순간과 일치했다. 눈물이 절로 났다. 신비로웠다. 열 달 동안 아내의 배 속에 있던 꼬물이가 이렇게 태어났다는 것이 말이다.

아내는 제왕절개를 한 덕분에 고통을 ‘후불’로 지불해야 했다. 침대에 앉아 고통스러워하는 모습에서 어머니의 향기가 나기 시작했다. 누군가 ‘군대와 출산을 선택하라!’라고 한다면, 나는 ‘군대’를 선택할 것이다. 그만큼 출산은 생명을 건 일이자, 아무나 할 수 없는 위대한 순간임을 알게 되었다.

조리원 생활이 끝나고, 집에 왔다. 아내와 함께 나섰던 집에,

빈센트 반 고흐 | 꽃 피는 아몬드 나무 | 1890

세 명이 들어온 것이다. 딸을 안고 있는 아내의 모습은 〈시스티나 성모〉처럼 빛나 보였다. 라파엘로(1483~1520)가 그린 그림답게 우아하며 경이로운 그림이다. 사람들은 말한다. 이 그림이 바로 성모 마리아 초상의 백미라고 말이다. 그럴 만도 하다. 라파엘로가 심혈을 기울여 그렸기 때문이다. 마리아의 모델은 실제 연인이었던 마르게리타였다. 그만큼 마리아의 얼굴은 아름답다. 그림 속 마리아의 배경 속 아우라(aura)처럼, 육아하는 아내의 모습은 고통을 견딘 자만이 가질 수 있는 아우라가 생겼다. 그렇게 그녀는 어머니가 되었다.

몽테뉴는 "사람이 고통을 알지 못한다면, 동시에 기쁨 역시 줄어들 것이다"라고 했다. 그의 말처럼, 고통을 알고 나야, 기쁨이 온다. 꽃도 마찬가지다. 겨울을 경험해야 한다. 그 추운 겨울이 지나고 나서야 봄이 오고, 꽃을 피운다. 반 고흐가 그린 '아몬드 꽃'처럼.

나의 '그녀'가 다윤이 '어머니'로 되는 순간은 출산이란 고통을 경험했기 때문에 가능했다. 앞으로도 많은 고통이 우리 가족 앞에 기다리고 있다. 하지만 그 고통의 순간을 두렵게만 보지 않기로 했다. 기쁨이란 '꽃'이 피는 직전이기 때문이다.

혹시나 미칠 듯한 고통의 순간을 마주했는가? 그리고 그 고통이 끝나지 않을 것 같은 불안감에 휩싸였는가? 그렇다면,

라파엘로 산치오 | 시스티나 성모 | 1512

반 고흐의 〈꽃피는 아몬드 나무〉를 바라보자. 고통의 통증만큼, 기쁨의 꽃이 필 시기가 다가오고 있다는 것을 알게 될 것이다.

가장 어려운 미션

~~~~ 바구니에 있는 아이를 바라보는 엄마. 그녀의 손에는 실이 들려있다. 그림의 제목에 자장가가 들어있는 것을 보니, 그녀는 아이를 재우면서 옷까지 만들 심산인가 보다. 이 그림은 프랑스 신고전주의 회화의 대표적인 화가였던 부그로(1825~1905)가 그렸다. 그는 영국 이민자 가정 출신으로, 당대인으로부터 이상적인 붓 자국과 사신처럼 현실감 있게 그림을 그리는 화가로 정평이 나 있었다. 또한, 〈단테의 신곡〉을 재해석하여 로마상을 받아, 로마로 유학을 다녀오기도 했다. 그는 많은 후학들을 양성했으며, 마티스도 그중 한 명이다. 하지만 그의 그림은 새롭게 대두되고 있었던 인상주의 화가들로부터
~~~~

윌리엄 아돌프 부그로
자장가
1875

'교과서' 같은 그림이라며 많은 비판을 받았다. 심지어 세잔의 경우 부그로를 가리켜 '꼴통 중의 꼴통'이라고 비하했다. 그들이 봤을 때는 개성 없어 보였기 때문일 것이다. 하지만 시대가 지나고, 그의 그림은 다시 각광을 받고 있다. 아름다운 여성의 자태와 탁월한 묘사 덕분이다. 나는 다른 이유로 부그로의 그림을 좋아한다. 그의 그림에는 생각보다 많은 아이들이 등장하기 때문이다. 31살에 결혼했던 마리와 다섯 명의 아이를 낳았기 때문일 수도 있다. 그의 자녀였던 앙리에트와 폴은 그림 속 아이로 제법 많이 등장했다. 자녀들 덕분에 그의 그림은 더욱 더 아름답게 빛나게 되었다. 가장 사랑하는 존재들을 자신의 솜씨로 화폭에 표현될 때, 부그로는 얼마나 행복했을까? 덕분에 우리는 그의 그림을 통해 행복감을 공유하고 있다. 이런, 부그로와 나는 같은 고민을 분명히 했을 것이다. 바로 '자녀의 이름을 어떻게 지을 것인가?'라는 문제로 말이다.

아이의 이름 짓기는 내 개인적으로는 엄청난 숙원 사업이라 할 수 있다. 내 딸은 10달 가까이 '딱풀이'로 불렸다. 이제, 세상에 태어났으니 이름이 필요했다. 수개월 전부터 고민했을 정도로, 이름을 정하는 것은 너무 어려운 미션 중 하나이다. 잘못 지으면 평생 독박을 써야 하기 때문이다. 세련된 이름은 나이를 먹으면 도리어 촌스럽다. 반대로, 촌스러운 이름은 어린 시절 아이를 힘들게 한다. 내가 경험자이기 때문에, 잘 안다. 내 이름은 이영춘이다. '춘(春)'자를 같은 항렬 남자들은 모두 공유하고 있다. 우리 집안의 슬픈 이야기이다. 어릴 때 이름 때문에 많은 놀림을 받았다. 제법 스트레스가 많았다. 내 이름으로 받아들이기까지 20여 년의 시간이 걸린 것 같다. 그러므로 나는 '딱풀이'의 이름을 정하는 데 있어 신중했다. 몇 가지 원칙을 정했다.

1. 촌스러우면 안 된다(절대적 명제).
2. 유행 타는 이름은 사절!
3. 어감이 좋아야 한다.

우리 가족은 수개월에 걸쳐 많은 후보의 이름을 논의했고, 최종 후보는 '다인'과 '다윤'이가 올라왔다. '딱풀이'와 평생을 함께할 이름은 무엇일까? 다인이는 '인자한 사람'을 뜻했고, 다윤이는 '깊고 진실한 사람'이 되길 희망한다는 의미를 담고 있었다. 둘 다 마음에 들었다. 아내도 마찬가지였다. 결국 우리는 희망 사항을 담아 '다윤'으로 이름을 정했다. 그렇게 딱풀이는 다윤이가 되었다.

이름을 뜻하는 한자 '名'은 저녁 늦게 사람을 확인할 수 없어, 부른다는 뜻에서 유래했다고 한다. 이름은 간절함을 뜻한다. 간절하게 누군가를 찾아야 할 때, 이름의 가치는 더욱더 빛난다. 누군가의 간절함, 희망, 소원이 담긴 것이 이름이기 때문이다.

내 이름을 다시 한번 돌아본다. 이영춘. '긴 봄'이란 뜻을 가진 촌스러운 이름. 하지만 나의 부모님 또한 내 이름을 짓기 위해 얼마나 고심했을까? 나에 대한 부모님의 사랑이 느껴졌다. 누구나 가지고 있는 것이 이름이지만, 그 의미만큼은 부모님의 희망만큼 다른 것 같다. 갑자기 이름을 불러준다는 것이 너무나도 큰 행동임을 알게 되었다.

혹시나, 너무나도 힘든 순간이 찾아온다면, 자신의 이름을 불러보자. 그 이름에 담았던 부모님의 사랑을 느낄 수 있을 테니깐 말이다. 이름 덕분에 혼자가 아님을 깨닫게 된다. 언제나 나는 부모님과 함께 있다.

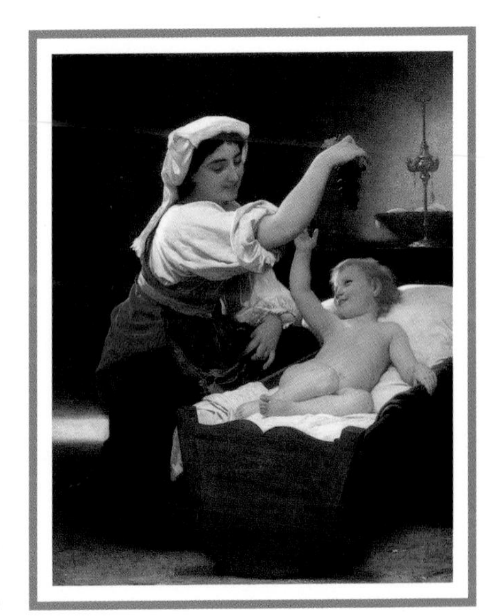

윌리엄 아돌프 부그로
포도다발
1868

그녀가 우는 이유

~~~~ 생각보다 빨리, 고통이 찾아왔다. 매슬로우는 인간의 욕구를 5단계로 규정했다. 그중에 가장 기본이 되는 욕구가 생리적 욕구이다. 나는 수면 욕구가 많은 사람이다. 하지만 내 딸아이는 내 수면 욕구를 가볍게 무시하고 울기 시작했다. 푹! 잠을 자고 싶다. 카유보트(1848~1894)가 그린 그림 속 남자처럼.

그림 속 남자처럼 자세를 잡고 잠을 자기 위해서는 마음의 여유가 있어야 한다. 카유보트의 자화상일 수 있다. 그는 다른 화가들에 비해 마음과 지갑이 넉넉했던 화가였기 때문이다. 막대한 부를 물려받았기 때문에 가난을 걱정하지 않았다. 그 부
~~~~

귀스타브 카유보트 | 잠 | 1877

를 활용해 인정받지 못했던 인상주의 화가들을 후원했다. 팔리지 않는 작품들을 구매하여 물심양면으로 지원했다. 심지어, 국가에 인상주의 화가들의 작품을 기부하기도 했다. 그의 이런 행동은 경제적 풍요로움뿐 아니라, 마음의 여유로움을 갖춘 자만이 할 수 있는 행동이었다.

내가 이 그림을 보면서 부러웠던 것은, 편안하게 잠을 잘 수 없는 육아의 현실 때문이었다. 수면 부족이 길어지면서, GOP 군 생활이 떠올랐다. 2~3시간씩 자던 쪽잠. 그리고 수면을 깊게 하려고 하면, 들려오는 알람 소리!

그렇게 비몽사몽, 하루의 근무가 시작되었다. 하루 수 번에 걸쳐 찾아오는 이 순간. 하지만 통계상으로 난 8시간을 잤다. 그러나 저전력 10% 충전된 핸드폰처럼 멍~하니 하루를 보내야 했다. 그렇게 군 생활이 끝났고, 다시는 이 경험을 하지 않을 줄 알았다.

인생의 종착역은 잠이라고 하지만, 반대로 살아있음을 느끼는 순간이기도 하다. 살아가기 위한 충전의 시간이기 때문이다. 그러나 요즘 들어 군대의 경험을 다시 한다. 아내가 이미 경험한 출산의 고통이 나에게 수면 부족의 형태로 온 것이다. 길면 3시간, 짧으면 1시간 안에 일어나는 다윤이를 보면서 "제발 깊게 자줘"라는 말을 수없이 되뇐다.

새벽 3시, 쉬지 않고 우는 그녀를 안다가 갑자기 이런 생각이 들었다. 신생아인 그녀는 얼마나 힘들까? 편안하게 자신을 감싸 주던 양수가 사라지고, 딱딱한 침대가 대신하고 있다. 조금만 노력해도 제공되던 영양분은 힘겹게 빨아야 겨우 나온다. 거기다 자궁 안에서는 경험하지 못했던 대소변을 계속해서 본다. 그것도 본인 힘으로 치울 수도 없다.

찝찝함 그 자체로,

불편함 그 자체로,

불안함 그 자체로!

새로운 세상을 오늘도 살아가는 그녀.

그렇게 생각하고 보니, 미국 인상주의 화가 메리 카사트(1844~1926)의 〈푸른 팔걸이의자의 소녀〉가 생각났다. 카사트는 부모의 반대에도 불구하고 화가가 되었던 여성이다. 그녀를 가리켜 '인상주의 회화의 위대한 여성'이라고 불린다. 그만큼 그는 인상주의 회화를 대표하는 인물이다. 그녀는 드가와 교류하며 평면적 효과와 강렬한 색채에 깊은 고민을 하였고, 그림의 주제로 소외되어 있었던 가족과 여성, 아이를 중요한 소재로 다뤘다. 특히, 여성을 주체적인 입장에서 표현하려고 노력했다. 그림 속 소녀는 불만이 가득한 표정으로 의자에 앉아 있다.

당시 이 그림을 봤던 사람들은 많은 충격을 받았다고 한다. 당시 수동적인 아이들의 이미지와 달랐기 때문이다. 어린 소녀는 치마를 올려 입고 있다. 그녀의 자세를 미뤄 짐작했을 때, 불만이 가득한 상태다. 반면 옆에서 자고 있는 강아지는 평화롭게 자고 있어 둘의 상태가 비교가 된다. 그림 속 소녀는 드가의 친구 딸이라고 한다. 이 그림은 4회 인상주의 전시회에 출품되었던 작품이다. 내 딸이 7살이 된다면, 저런 표정을 짓고

메리 스티븐 카사트
푸른 팔걸이 의자의 소녀
1878

원하는 것을 말하고 있을 것이다. 원하고 있다는 것은 살아있다는 증거다.

그녀의 울음소리는 사실, "아빠, 나! 힘들어. 하지만 이렇게 살려고 노력하고 있어!"라고 말하는 것은 아닐까? 갑자기 울고 있는 그녀가 사랑스러워졌다. 아빠라서 이 시간에 그녀를 안고 다독일 수 있음에 감사했다. 그녀를 바라보며 나는 중얼거렸다.

"그래! 다윤아 잘하고 있다. 그렇게 울어줘서! 덕분에 너를 바라볼 수 있도록 해줘서 고맙다. 네가 가장 힘들겠구나!"

아기의 울음소리를 생각하면서, 나만의 울음소리를 생각해본다. 힘든 순간에 나는 어떤 소리를 내고 있을까? 나이가 들면서 점점 마음의 소리를 밖으로 내지 않으려 하는 것 같다. 싸우기 싫어서, 귀찮아서, 자포자기해서…. 이유는 여러 가지다. 하지만 분명한 것은 소리 내지 않으면, 아무것도 얻을 수 없고, 감정의 기저귀도 갈아주지 않는다. 다윤이도 울었기 때문에 기저귀를 갈아 줄 수 있었다.

다시 딸을 바라본다. 저렇게 크게 우는 것을 보니, 기저귀를 갈아 달라는 신호인가 보다. 기저귀를 열어보니…. 미안해, 아빠가 눈치 없었다!

1.15kg의 무게

~~~~ 그림 속 아기를 볼 때마다 웃음이 나온다. 그리고 우리 아기가 저렇게 볼이 통통하게 살이 올랐으면 하는 마음이 생긴다. 반 고흐(1853~1890)가 그린 〈룰랭 부인과 아기〉는 기분을 좋게 만드는 그림이다. 사랑하는 이와 단란한 가족을 꿈꿨던 외로운 화가 반 고흐는 아를의 친구였던, 우체부 룰랭과 그의 가족을 많이 그렸다. 그림 속 아기는 4개월 된 딸 마르셀인데, 생동감 있는 아기의 손짓이 느껴진다. 반 고흐가 이 아기를 그리면서 어떤 생각을 했을까? 우울한 기질을 가졌던 이 화가의 성격을 생각했을 때, 어머니의 따뜻한 품 안을 생각했을 것이다. 당시 이 그림을 그릴 때인 1888년은 반 고흐에게 있어
~~~~

위기가 몰려오던 시절이었다. 함께 미술계를 이끌어 갈 것이라 생각했던 고갱과의 갈등은 심해졌고, 후원자였던 동생 테오는 결혼을 준비하고 있었다. 고갱과 테오가 자신을 떠날 것이라는 생각은 그를 더욱더 외롭게 만들었다. 그런 외로움이 가득할 때, 롤랭의 아내였던 오귀스탱이 안고 있는 볼이 통통한 마르셀의 모습은 큰 위로가 되었을 것이다. 그녀처럼, 누군가 반 고흐를 안아줬다면 그는 자살하지 않았을 수도 있다. 그녀의 빵빵한 볼과 칭얼거리는 울음 사이에서 반 고흐는 재빠르게 그림을 그렸다. 사랑과 축복의 마음을 듬뿍 담아서 말이다. 분명, 마르셀은 끊임없이 뒤척이며 울었을 것이다. 내가 장담할 수 있다. 우리 딸도 그렇기 때문이다.

우엥~ 우엥~. 평상시보다 훨씬 우는 소리가 우렁차다. 나의 아버지는 우리 집에 가수가 태어났다고 웃으신다. 데시벨로만 따진다면 분명 가수 급이다. 한 달이 되면서 다윤이는 울음소리뿐 아니라 몸무게도 늘었다. 처음 태어날 당시 2.55kg의 작은 아이가 어느덧 3.7kg이 되었다. 무려 1.15kg이 늘어난 것이다.

나에게 있어 1.15kg을 찌우기란 별것 아닌 일이다. 보쌈 한 번, 짜파게티 두 봉지만 먹고 한숨 자고 일어나면 불어날 수 있는 몸무게이기 때문이다. 나에겐 1.15kg은 별것 아닌 일들의 총합에 불과하다. 하지만 이제 곧 태어난 내 아기는 아니다.

빈센트 반 고흐
룰랭 부인과 아기
1888

2.55kg의 작은 아이가 자신의 절반가량이 되는 몸무게를 키우기 위해 얼마나 애를 써야 했을까?

문득, 1.15kg에서 그녀의 한 달 치 삶이 담겨 있다는 생각이 들었다. 팔이 저며 온다. 그런데도 마음은 기쁨에 저며 온다. 다윤이의 1.15kg에 하루 3시간 간격으로 젖을 짜는 아내, 새벽 1시간 간격으로 일어나는 나, 산후통으로 고생하며 힘겹게 그 작디작은 입으로 젖을 먹으려고 발버둥치는 딸의 노력이 모두 담겨 있다. 장석주 시인의 〈대추 한 알〉이라는 시가 생각난다.

대추가 저절로 붉어질 리 없다
저 안에 태풍 몇 개
천둥 몇 개
벼락 몇 개

빨간 대추 한 알에 담긴 태풍, 천둥과 벼락의 무게가 있듯이, 내 딸의 1.15kg에는 우리 모두의 노력과 삶이 담겨 있음을 깨달았다.

때론, 누군가의 모습이 가벼워 보이고, 하찮아 보일 때가 있다. "저것 별것 아냐", "너만 힘드냐!", "라떼는 말이야" 하지만 그의 삶은 자신만의 태풍과 천둥, 벼락을 견디며 살아가고 있음을 알아줘야 한다.

반 고흐의 삶과 그림이 그렇다. 다시, 그가 그린 〈롤랭 부인과 아기〉를 바라본다. 노란색 배경은 이 화가의 트레이드 마크와 같은 색깔이다. 그는 아기의 귀여움을 그리지 않고, 생명의 신비로움을 담고자 했다. 반 고흐가 추구한 삶과 일치한다. 화려함과 아름다움이 아닌, 삶의 고뇌를 그림으로 표현하고자 했던 반 고흐. 그렇기 때문에 사람들의 비난을 참지 못했다. 자신을 알아주지 않는 세상을 향해 울분을 토할 수밖에 없었던 그를 위로해주고 싶다.

다시 내 딸을 바라본다. 애써 젖을 찾는 그녀의 모습이 기특하다. 정말 살고자 노력해줘서 고맙다. 그리고 사랑한다. 반 고흐에게는 해주지 못했던 말을 딸에게 해본다. 너를 항상 응원한다. 그리고 평생 너의 편이 되어 줄 것이다.

메리 스티븐 카사트
모성애
1890

그렇게
가족이 된다

~~~~ 한 여자가 요람 속 아기를 바라보고 있다. 그림 속 여자는 모리조(1841~1895)의 언니 에드마이다. 요람 속 아기는 갓 태어난 에드마의 딸이다. 모리조는 자고 있는 딸을 지긋이 바라보고 있는 순간을 포착하였다. 따뜻하고 포근한 시선 속에서 모성애가 느껴지는 그림이다. 그리고 이 순간을 포착하여 그렸던 모리조의 솜씨가 놀랍다. 그녀는 인상주의 여성 화가였다. 다른 인상주의 화가들과는 다르게 풍경화보다는 가족의 모습을 주로 그렸다. 여성 차별이 일반적이었던, 19세기에 실력으로 인정받은 화가 모리조는 무려 10년 동안 6번이나 살롱전에서 입선했다. 그녀가 이렇게 실력을 쌓을 수 있었던 것은
~~~~

베르트 모리조 | 요람 | 1872

뛰어난 스승과 탁월한 주제 선택 덕분이다. 그녀의 외할아버지는 로코코 미술의 거장이었던 장 오노레 프라고나르였다. 귀족들의 사치스러운 삶을 감각적으로 표현해 명성을 얻었다. 모리조의 스승은 19세기 서정적 화풍의 대가였던 카미유 코로였다. 그녀는 자신의 장점이 무엇인지 아는 화가였다. 마네와의 인연을 통해 인상주의 화가 전시회에 출산을 제외하고는 전부 참여했으며, 그들의 특징을 흡수해 나갔다. 또한 당시 여성화가로서 가질 수밖에 없었던 '핸디캡'을 자신만의 따뜻한 시선으로 극복했다. 〈요람〉 속 언니 에드마는 모리조와 함께 그림을 그리다 현실의 장벽 속에 결혼을 선택했다. 그림 대신 선택한 결혼과 출산을 바라봤던 모리조는 어떤 생각을 했을까?

나는 모리조가 〈요람〉을 그리면서 '모성애'의 아름다움을 느꼈다고 생각한다. 비록 그림은 포기했지만 더 에드마는 세상에서 가장 아름다운 창조물인 블랑슈를 낳았기 때문이다. 그 순간이 모리조는 너무나 인상적이었을 것이다. 이후 모리조는 어미니와 딸을 주제로 여러 연작을 그려 나갔다. 그리고 그녀 또한 늦은 나이에 결혼을 했다. 아마도 모리조는 조카 블랑슈에게 온갖 애정을 드러냈을 것이다. 그림에서도 그 사랑스러운 마음이 드러나지 않는가? 동시에 나는, 언니와 조카를 바라보며 그림을 그리는 모리조의 모습이 장모님과 처제, 동서와 같다는 생각이 들었다.

두 모녀와 동서는 내 딸의 든든한 후원자이자, 광팬이다. 집 근처에 사시는 장모님은 거의 매일 오신다. 그리고 '우리 집의 최대 걸작'의 모든 성장 과정을 지켜보시며, 미숙한 우리를 대신하여 돌봐주시기도 하신다. 사실상 '엄마'라 할 수 있다. 처제와 동서는 제법 먼 곳에 살면서도 시간이 되면 우리 집에 와서 내 딸과 함께 자려 한다. 물론, 두 손은 무겁게 옷을 사 들고 온다. 그녀를 바라보는 처제의 눈빛은 이모 이상이다. 나보다 더하다. 새벽에 아기가 울어도 일어나서 사랑스러운 눈으로 바라본다. 그리고 군말 없이 안고 재운다. 장모님과 처제의 모습을 보면서 들었던 생각 하나. 두 모녀는 왜 이 갓난아기에게 시간과 돈, 체력을 쏟으면서 돌보는 것일까?

그때 알았다. 사랑을 말이다. 사랑은 생각하는 마음이 머무는 순간이다. 그래서 사랑은 집중이다. 온전하게 상대방에게 집중하는 것. 같은 공간에 없어도 생각나고 집중할 수 있는 것.

그런 면에서 장모님과 처제는 분명 다윤이를 사랑하는 것 같다. 아니, 사랑이 분명하다. 옷 한 벌, 미소 한 번, 하룻밤의 돌봄. 이 모든 것에 사랑의 시선이 담겨 있다. 할머니와 이모, 엄마와 아빠의 사랑 덕분인지 내 딸의 신체에 변화가 생겼다. 조금씩 손가락을 펴기 시작한 것이다. 가늘고 예쁜 손이었다.

에우제니오 에두아르도 참피기
관심의 중심

그 손가락 끝에는 손톱도 자라고 있었다. 분명 며칠 전까지만 해도 손에 힘을 꽉 쥐고 있어, 손가락을 잘 펴지 않았다. 내가 손가락을 펴주려고 해도, 손에 힘을 너무 줘서 울기만 할 뿐 펴지 않았다. 그런데 손가락이 자연스럽게 펴져 있는 것이다!

이제 할머니, 이모, 엄마, 아빠를 믿을 수 있어서 손가락을 펴는 것은 아닐까? 이전까지는 붙잡을 것 없어 불안한 마음이었다. 하지만 우리의 사랑이 조금씩 전달되면서 그녀가 마음을 열었나 보다! 이렇게 생각하고 보니 그 작은 손가락이 더 예뻐 보였다.

사는 것도 그런 것 같다. 무엇인가 믿지 못하고, 불안할 때면 이를 악문다. 그리고 독기만 남아 세상을 불신한다. 하지만 나를 이해하고, 위로해주는 이들이 있다면 마음속 빗장을 풀고, 그들의 손을 붙잡게 된다. 그리고 마음속 메아리를 공유하게 된다. 그렇게 우리는 가족이 되었다. 사랑과 믿음이란 이름으로 말이다.

태열과
영아 산통

~~~~~ 일본 풍속화를 그린 우키요에의 영향을 받은 메리 카사트(1844~1926)는 평면적인 형태의 그림을 자주 그렸다. 덕분에 아기와 엄마의 모습이 부각되어 보인다. 나는 이 그림을 볼 때마다, 마음이 아프다. 아이를 안아 주는 엄마의 표정이 좋지 않기 때문이다. 그림 속 아이는 우는 듯하다. 어디 아픈 것일까? 메리 카세트가 그린 〈아이를 안아 주는 엄마〉를 보면, 태열로 고생했던 딸이 생각난다. 꼭 병원에 가야 할 일은 일요일에 발생한다. 아기의 얼굴이 갑자기 빨개졌다. 두드러기가 올라온 것처럼 여기저기 엉망이다. 놀란 나와 아내는 병원에 갔다. 의사는 태열이라고 했다. 시원하게 아이를 두는 것 그리고
~~~~~

메리 스티븐 카사트
아이를 안아 주는 엄마
1890-1891

수딩젤을 조금 발라주면 되는 지극히 별것 아니었다.

신생아를 키우다 보면, 이런 일은 반복되었다. 우리 부부는 조그마한 아기의 반응에 어쩔 줄 몰라 하며 당황해한다. 이상한 소리가 들려 가보면, 아기가 소리를 지르고 있다. 익룡인가? 분명 얼굴은 내 딸인데, 목소리는 사람이 아니다. 잘 때 얼굴을 보면 영락없는 천사이지만, 손가락 발가락은 쉬지 않고 움직인다. 가끔은 자신의 손가락과 발가락에 놀라 잠에서 깨기도 한다. '왜 익룡 소리를 내는 거지?'라는 궁금증이 들었다. 영아 산통 때문이란다.

그렇다! 그녀는 건강했다. 하루에 8번 이상 기저귀를 갈고, 십수 번에 달하는 젖병을 씻고 말려야 할 정도로. 사실, 태열과 영아 산통은 당연히 경험해야 하는 성장통이었다.

그런데 초보 부모인 우리는 조그마한 반응에도 매우 놀란다. 마치, 기억도 나지 않을 작은 일에 스스로 속을 태우고 있는 나처럼. 그러다 보면, 정작 더 걱정하고 대비해야 할 일들은 놓쳐 버린다. 시간이 지나면, '별것' 아닌 문제들이 있다. 그러나 그것을 '큰 것'으로 만든 것은 나의 무지와 조급함 때문이다. 이제는 태열과 영아 산통이 와도 요란하지 않다. 이미 경험한 것이고, 지나갈 일들이란 것을 알기 때문이다. 그렇게 우리는 오늘도 조금씩 초보 부모로서의 길을 탐색하며 나아가고 있다.

혹시, 정작 걱정해야 할 '큰 것'은 그냥 지나가고 있지 않는가? 반대로 '별것' 아닌 일에 호들갑을 떨고 모든 에너지를 버리고 있지 않은가? 큰 것과 별것 아님을 구별하며 점차 어른이 되어가는 것 같다.

가장 예쁜 순간

육아 선배들이 항상 하는 말이 있다.

"잘 때가 가장 예쁘다"

딸아, 미안하다. 그 말에 아빠는 조금은 동의한다. 하지만 변명을 하자면, 예수의 어머니, 성모 마리아도 그랬다는 것이다. '빛의 화가' 렘브란트(1605~1669)가 그린 〈성가족〉은 잠이 든 예수와 그것을 확인하는 성모 마리아가 보인다. 렘브란트는 빛과 어둠을 극명하게 대비시켜, 화면을 연극의 한 장면처럼 표현했다. 그의 화풍 덕분에 우리는 집중하여 그림 속 마리아와 예수를 바라볼 수 있다. 이 그림은 렘브란트가 아내가 죽은 뒤 3년 뒤에 그린 그림이다. 그녀와의 사이에서 낳은 아이는 오직

렘브란트 하르먼손 판 레인
성가족
1645

한 명, 티투스였다. 그는 엄마 없이 자라는 자신의 아들을 보면서 이 그림을 그리지 않았을까? 그런 영향 때문인지 모르겠지만, 그림 속 마리아는 렘브란트의 아내 사스키아의 얼굴과 닮아있다. 아마도 렘브란트는 이 그림을 그리면서, 자신이 원했던 행복한 가정을 표현하고 싶었던 것이리라. 그림을 자세히

베르트 모리조 | 정원에 있는 아빠와 딸 | 1883

보면, 예수가 잘 자고 있다는 것을 확인한 마리아는 환한 미소를 짓고 있다. 잠든 아기를 바라보는 부모의 표정이 모두 저렇다. 마리아는 천사의 도움을 받아 예수를 푹 잘 수 있도록 했다. 이것은 그 어떤 부모도 가질 수 없는 엄청난 일이다. 나는 신과 천사의 도움 없이, 딸아이를 다독여 재워야 한다.

P.M. 9시. 아기를 돌볼 시간이다.

그녀를 침대에 놓은 다음 그림 속 마리아처럼 바라본다. 다른 점은 마리아는 잠든 예수를 바라봤다는 것이고, 나는 말똥말똥한 그녀를 바라보고 있다는 점이다. 겨우 다시, 잠이 든 것을 확인하면 마음이 놓인다. 곧 나는 침대 옆 의자에 앉아 잠이 들었다.

P.M. 10시.

잠 없는 그녀가 일어났다. 자다가 깜짝 놀라며 우는 그녀를 껴안았다. 따뜻한 몸의 체온이 느껴졌다. 조금씩 다독이다 보니, 잠이 들었다. 나도 함께….

P.M. 11시.

배가 고팠는지, 칭얼거리며 또 일어났다. 분유를 타서 배부르게 만든 다음 다시 재웠다. 그리고 그림 속 마리아처럼 나는 책을 펼쳤다. 내심 잠으로만 이 시간을 보내기 아쉬웠다. 무엇인가 의미 있는 시간으로 보내고 싶기도 했고, 잠만 자는 아빠로 각인되지 않았으면 하는 마음도 있었다. 제법 이 시간은 책 읽기 좋은 시간이다. 그녀의 잠든 얼굴을 바라보며 책 속 문장을 하나하나 깊게 읽어 내려갔다. 여유 있을 때도 이렇게 깊게 읽어나가지는 못했던 것 같다. 피상적으로 보고, "책을 다 읽었다"를 외치는 것이 중요했다.

하지만 딸이 잘 때 독서하는 책 속 문장 하나하나를 제대로 보게 되었다. 그녀를 키우면서 생긴 습관이다. 하나를 보더라도 제대로 보게 된 것이다.

베르트 모리조(1841~1895)는 자신의 남편 외젠 마네(우리가 아는 마네의 동생이다)가 딸 줄리와 함께 있는 장면을 그림으로 그렸다. 그림 속 아빠는 딸을 키우며, 책을 보고 있다. 마치 나처럼. 그래서 이 그림이 더 정감 간다. 아빠가 육아를 하는 그림은 많지 않다. 이 그림이 전시되었을 때, 사람들은 충격을 받았다고 한다. '이렇게 자상한 아빠라니?' 그리고 '엄마가 아기를 보지 않고, 그림을 그리고 있다니!' 여러 면에서 시대를 앞선 작품이다. 그만큼, 정원에 있는 부녀의 모습이 너무나도 사랑스러워 보인다. 나도 이 그림 속 아빠처럼 딸과 함께하는 시간을 늘려나가고 싶다.

그러기 위해서는 고쳐야 할 부분들이 너무 많다는 생각이 든다. 사실 난, 헐렁한 사람이다. 실수가 잦다. 빠르게 무엇인가를 하는 것이 중요하다고 생각했기 때문이다. 그러나 빠른 것보다 더 중요한 것은 얼마나 의미 있게 그 시간을 보내느냐 임을 깨닫게 되고 나서 의식적으로,

'느리게'

'더 깊게'

그녀를 바라보고 생각하려고 한다. 내 딸을 이렇게 바라볼 수 있는 시간이 그렇게 많지 않음을 알기 때문이다. 1~2년이 지나면 내 품 안에 쏙 들어오지 않을 정도로 클 것이다. 지금, 이 순간도 다시 오지 않을 것이다. 갑자기 소중하게 여겨졌다. 그녀를 더 깊게 바라봐야 하는 이유다.

A.M. 0시.

아내와 교대했다. 그렇게 나의 일생 중 하나뿐인 시간이 지나갔다. 하지만 그 순간의 여운은 이 글로 남아 다 자란 그녀에게 전달될 것이다. 행복하게 침대에 몸을 뉘우는 이유다.

너의
배경이라서 행복해

~~~~ 33도를 넘는, 그 더운 날에도 우리 집 고양이 강이는 자신의 방에서 잠을 잔다. 더위 속에서 버티는 강이의 모습은 일견 숲속의 왕, 호랑이처럼 보인다. 매서운 눈빛, 늠름한 자태, 그리고 그 녀석의 나무집을 바라보면 이 그림이 생각났다.

단원 김홍도와 표암 강세황(1713~1791)의 합작품인 〈송하맹호도〉는 소나무는 강세황, 호랑이는 김홍도가 그린 것이라고 전해진다. 당대 뛰어난 화가, 학자였던 강세황은 김홍도의 스승이었다. 강세황의 역동적인 소나무와 가지의 모습은 호랑이의 기세를 더욱더 돋보이게 만든다. 강세황은 철저하게 김홍도의 호랑이 그림을 빛내주는 배경을 그렸다.
~~~~

김홍도, 강세황 | 송하맹호도 | 18세기

만약 지나치게 화려하거나 거대한 나무를 그렸다면, 호랑이의 위세는 줄어들었을 것이다. 반대로, 너무 왜소하거나 정적인 소나무를 그렸다면, 배경으로서 제 역할을 못 했을 것이다. 딱 적절한 크기와 동세를 보여주는 이 배경은 김홍도의 호랑이를 더욱더 빛나게 해준다. 강세황이 이 그림을 그려주면서 어떤 생각이 들었을까? 사랑하는 제자 김홍도의 성장에 뿌듯해했을 것 같다. 자신을 뛰어넘는 제자의 존재는 강세황의 일생 가장 큰 자랑거리였을 것이다.

나의 마음도 그렇다. 갓 100일이 되어가는 딸의 사진 재촬영을, 강세황의 마음을 공유하고 있다. 첫 번째 촬영은 실패했다. 100일을 맞이한 주인공이 너무 졸려 했기 때문이다. 다시 실패하지 않기 위해, 우리는 심기일전했다.

주인공의 웃음 한 번을 위해, 아내와 나는 연신 재롱을 부리고 있다. 하지만 사진 속에서는 부모의 얼굴이 드러나지 않는다. 부모 덕분에 활짝 웃는 그녀의 아름다운 미소만 드러날 뿐이다. 우리는 강세황처럼, 철저하게 배경이 되었다.

훗날 100일 사진을 보면서, 두고두고 사진 속 배경이 된 것에 대해 자랑스러워할 것이다. 세계 최고의 그림으로 뽑힌 벨라스케스(1599~1660)의 〈시녀들〉처럼. 그는 스페인을 대표하는 화가이며 '화가 중의 화가'로 불렸다. 펠리페 4세의 궁정화가였던 그는 빠른 붓놀림과 생동감 넘치는 그림을 그리기로 유명했다. 이 그림은 세계에서 가장 위대한 그림으로 선정된 이유는 그림 속에 다양한 사람들의 시선이 담겨 있기 때문이다. 그림 속 진정한 주인공은 누구일까? 혹자는 산티아고 기사단의 상징인 붉은 십자가가 그려진 벨라스케스를 지목하기도 한다. 또는 그림 속 가운데 있는 마그가리타 공주가 있다. 하지만 화가의 관점에서 그리고 있는 것은 거울에 비친 공주의 부모님이었던 펠리페 4세 국왕 부부였다. 그렇다면 국왕 부부가 주인공이라는 것일까? 이처럼 이 그림은 주인공이 누군지 명확하게 알 수 없다. 그렇기 때문에 위대한 그림으로 추앙받고 있다. 내 생각에는 이 그림은 원래 펠리페 4세 국왕 부부를 주인공으로 그린 것이다. 하지만 가운데 마그가리타 공주를 배치하면서 모든 이들을 배경으로 만들었다. 그리고 국왕 부부를 작은 거울 속으로 밀어 넣었다. 막상, 이 그림을 받아봤을 국왕 부부는 크게 만족했을 것이다. 그 무엇보다 자신이 사랑하는 딸의 배경이 되었기 때문이다. 이것을 증명하듯, 그림은 펠리페 4세는 항상 자신이 집무실에 걸어뒀다고 한다.

디에고 벨라스케스
시녀들
1657

부모는 자식의 인생이란 그림 속에서 주인공이 아닌, 배경으로 사는 존재란 생각이 들었다. 자식들이 스스로 주인공이라는 걸 인식할 수 있도록, 도와주는 역할이다. 그것을 벨라스케스가 〈시녀들〉을 통해 보여준 것이다.

세상은 항상 말한다. 주인공으로 살아야 한다고 말이다. 그리고 우리는 그렇게 살아야 한다고 배워왔다. 하지만 우리는 안다. 매 순간 주인공으로 살 수 없는 현실을…. 그러나 좌절할 필요는 없다. 배경이 되어도 행복한 순간들이 있기 때문이다. 항상 주인공이 될 필요는 없다. 때로는 내가 사랑해줄 대상의 배경이 되어 보자. 그리고 지긋이 바라보자. 주인공이 아니지만 더 행복해하고 있는 날 발견하게 될 것이다.

욕조를
바꿔야 할 때

~~~~~ 조는 아기가 커가고 있음을 확인할 수 있는 바로미터다. 그림 속 목욕하는 아이를 보면, 조만간 저 욕조를 바꿔야 한다는 것을 알 수 있다. 발만 겨우 담글 수 있는 욕조는 자라 버린 아이의 모습과 대조적이다. 그림 속 엄마와 딸이 발을 함께 보고 있다는 점이 인상적이다. 엄마와 딸은 그렇게 같이 성장하고 있다는 것을 보여주는 것 같다.

내 딸도 그렇다. 벌써 100일을 맞이했다. 나와 만난 지 100일. 그동안 그녀의 외형은 상당히 많이 변했다. 처음 만났을 때는 당황했던 기억이 난다. 내가 상상했던 아기의 얼굴이 아니었기 때문이다. 하지만 10일, 50일, 100일을 지나면서 점차 엄마와
~~~~~

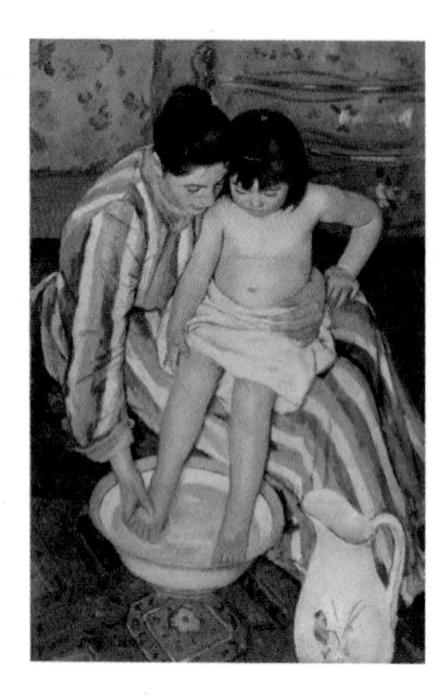

메리 스티븐 카사트 | 목욕하는 아이 | 1893

메리 스티븐 카사트 | 목욕 뒤에 | 1901

아빠의 자식이란 것을 온 얼굴로 거세게 보여주고 있다.

특히 눈을 볼 때마다 '나와 닮았군!'이라는 생각이 많이 든다. 그녀가 컸다는 것은 욕조가 더 잘 보여준다. 100일 전에 사용했던 욕조는 이제 작아서 새로운 욕조로 바꿔야 했기 때문이다. 처음 목욕을 시킬 때, 몸이 너무 작아 욕조에 빠질 것 같았던 그녀는 이제 욕조를 압도하고 있다. 조금만 움직여도 물이 튀어, 어쩔 수 없이 큰 욕조로 옮겨야 했다. 욕조를 보면서, 그녀의 과거-현재-미래를 생각하게 된다. 돌을 지나 점차 어른이 되어가는 동안, 그녀는 자신의 삶 속 욕조들을 얼마나 바꾸고 성장해 갈까?

메리 카사트(1844~1926)가 그린 〈목욕 뒤에〉를 보면 행복한 가족의 일상이 보인다. 목욕이 끝난 뒤, 갓난아기를 바라보는 아이의 모습이 행복해 보인다. "나도 저런 시절이 있었지!"라고 생각하는 것처럼. 그 마음을 알기에 동생도 사랑스럽게 그녀를 바라보고 있는 것은 아닐까?

사람도 각자의 욕조를 바꿔야 할 때가 있다는 생각이 들었다. 몸과 마음이 커짐에도 불구하고, 이전의 작은 욕조를 고집하면, 욕조가 제대로 기능하지 못한다. 사람의 삶도 마찬가지이다. 아기의 성장을 욕조의 크기 변화를 통해 알 수 있듯, 삶의 성장은 인식의 변화를 통해 느낄 수 있다. 각자만의 변화된 지점을 찾아서 보는 것. 전의 나와 오늘의 나. 내일의 내가 달라진 점을 찾아가는 것. 이것이 내 인생의 욕조를 더 키우는 방법이자, 내 삶을 더 키워가는 시간이 될 것이다.

사람은 각자만의 형태와 크기를 가진 욕조가 있다. 그리고 그 욕조를 자신의 성장에 맞게 키워나가야 한다. 과거의 욕조 사이즈에 집착하지 말자! 미래의 욕조를 상상해보자! 내일도 행복해지는 비법 중 하나이다.

쉼표

~~~~~~ 침대에서 아침 식사를 해야 할 정도로, 육아는 빡빡하다. 밥을 온전히 먹을 시간도 없다. 그림 속 여인은 매우 지쳐 보인다. 그리고 그 여인이 곧 나이기도 하다. 점점 나만의 시간이 없어져 가는 기분이다. 육아 초기에는 온전히 딸을 위해 시간을 써야 한다고 생각했다. 하지만 점점 마음이 답답해졌다. 일들이 쌓이건만, 제대로 하는 것은 하나도 없다. 몸과 마음을 분산시킬 만큼, 육아에 익숙하지 않기 때문일 것이다. 새벽에 그녀를 보면서 이런 생각이 들었다. '나에게 시간을 줄 수 없을까?' 커피도 마시고, 책도 읽고, 운동도 할 수 있는 시간.

몰랐다. 육아에도 이런 소소한 시간이 필요하다는 것이 말
~~~~~~

메리 스티븐 카사트
침대에서의 아침식사
1897

이다. 아내와 이야기를 나눴고 주말에는 6~7시간 정도, 자기만의 시간을 가지기로 했다. 아내는 새벽과 점심 이후, 나는 아침과 저녁 이후이다. 이렇게 시간을 명확하게 구분하고 나니 '내가 쓸 수 있는 시간'이 생겼다. 지금 나는 이 시간을 활용해 커피를 마시고 글을 쓰고 있다. 또 인터넷에 책을 주문하거나 운동을 했다. 답답한 그 무언가가 뚫리는 기분이다.

나의 숨통을 조이면서, 타인의 숨통을 풀 수 있을까? 내 숨통이 조여 오는 그 순간, 나는 정신이 혼미하고 상대방의 숨통은 더 강하게 쥐게 될 것이다. 육아 전까지는 채찍질을 해야 성

윌리엄 아돌프 부그로
엄마와 아이
1880

공할 줄 알았다. 하지만 성공은 여러 가지였음을 깨닫고, 채찍질과 당근을 자유자재로 쓰는 사람의 시간을 통제한다는 것을 알게 되었다.

아직은 채찍질이 강할 때이지만 이제는 숨통을 틔우고, 당근을 적절하게 줄 방법도 배워야 할 때다. 그런 점에서 부모가 된다는 것은 당근과 채찍을 자신의 삶에 잘 적용하는 사람이 되어 간다는 의미이기도 하다. 그녀를 온전하게 바라보기 위해, 나만의 시간도 오롯이 가져 본다.

혹시나 내 삶을 지나치게 채찍으로 때리고만 있다면, 한 번쯤은 당근을 줘보자. 그 당근 맛에 놀라 더 뛸 수 있는 힘이 생길 것이다!

손목 보호대

~~~~~ 그렇게 좋으신 것일까? 할머니가 된 나의 어머니는 영상통화 속 손녀의 얼굴을 보면서 웃고 계신다. 그러다 영상 속 보이는 얼굴을 보며, 엄마는 "내가 많이 늙었구나….'라고 말씀하셨다. 그 말을 듣던 나는 이런 생각이 들었다. '우리 엄마도 젊고 꿈 많을 때가 있었겠지.' 공부를 곧잘 했던(이라고 항상 말씀은 하셨지만, 확인은 하지 못했다.) 엄마. 하지만 가난과 여성이라는 시대적 제약 속에서 꿈을 포기하고 결혼을 하셔야만 했다. 꿈 많던 엄마는 어느덧 할머니가 되었다, 엄마를 보면서 클림트(1862~1918)의 〈여사의 세 시기〉가 생각났다. 늙은 여인과 다정한 엄마, 잠든 아기의 모습은 우리 엄마의 삶이 담긴 파노라마처럼 보였다.
~~~~~

엄마는 그림 속 노인처럼 허리가 굽었다. 그리고 고질적으로 허리와 무릎이 좋지 않아 고생하신다. 나 때문이다. 항구에 살았던 우리 가족은 바닷가를 자주 갔었다. 그때마다 어렸던 나는 자주 업어달라고 했다. 그러던 어느 날 내가 크게 넘어질 뻔한 일이 있었다. 엄마는 나를 보호하려다가 크게 다치셨다. 그 이후로 엄마는 나 대신 생긴 상처와 고통을 짊어지셔야 했다.

부모가 되면서 생긴 가장 큰 능력 중 하나는 부모님을 자주 생각하게 되었다는 점이다. '감사하다'라는 뜻을 항상 되뇌게 된다. 감사하다 뜻하는 영어 'thank'는 생각하다의 'think'와 같은 어원에서 나왔다고 한다. 감사를 하기 위해서는 다른 사람들의 호의와 노고를 '생각'해야 하기 때문이다. 딸에게 사랑을 주면 줄수록, 부모님의 사랑이 담긴 순간들을 발견하게 되는 것은 당연하다.

요즘 내가 어머니를 자주 생각하게 된 것은, 손목 때문이다. 그녀가 자라면 자랄수록 내 손목은 곪아갔다. 아내는 이미 그 경지를 초월해 버렸지만, 나는 이제 맞이한 육아 개학 속에서 손목이 부르짖는 아우성을 매번 듣고 있다.

그래서 산 손목 보호대. 이 아이템 덕분에 통증을 예전보다 덜 느끼게 되었다. 자연스럽게, 그녀를 더 안정적으로, 오랫동안

구스타프 클림트 | 여자의 세 시기 | 1905

받치게 되었다. 이 조그마한 손목 보호대 덕분에! 손목 보호대를 보면서, 아픔을 최소화하며 제대로 성장하기 위해서는 인생의 보호대가 필요하다는 생각이 들었다.

교과서 없는 인생이란 시험 속에서 매번 실패와 좌절을 경험한다. 오랜만에 맞이한 성공은 그 공들인 기간과 반비례해 오래가지 않는다. 성공 뒤 찾아온 공허와 내리막길만 보이는 현실은 당혹스러움과 혼란만 준다. 인생이란 시험대 앞에서 나는 더욱더 힘들기만 하다. 이런 예측할 수 없는 인생이야말로, 보호대가 필요한 것 아닌가?

그런 점에서 부모님은 나의 보호대였다. 그리고 또 하나의 보호대가 요즘 생겼다. 바로 내 딸이다. 역설적이다. 그녀도 나를 자신의 보호대로 생각하듯, 내 엄지손가락을 꼭 잡고 살기 때문이다. 하지만, 나도 그녀의 작은 손을 잡고 있으므로, 힘든 그 순간순간을 버티는 것 같다. 로댕(1840~1917)의 〈대성당〉처럼. 근대를 연 조각가로 불리는 그는 이전에 볼 수 없는 여러 조각을 선보였다. 특히나 기존 조각품들이 추구하던 우아하고 이상화된 인체에 대한 고정관념을 탈피하였다. 그는 조각을 통해 인간 내면의 감정을 드러내고자 노력했다. 〈대성당〉도 마찬가지이다. 보통은 성당하면, 고딕성당을 생각한다. 하지만 성당의 본질은 무엇일까? 바로 서로의 손을 마주하며 기도하는

오귀스트 로댕 | 대성당 | 1908

간절한 순간이 아닐까? 그런 점에서 고갱의 조각품은 나에게 큰 울림을 주었다. 어쩌면, 기도는 서로를 의지할 때 이뤄지는 마법이란 생각이 든다. 그런 점에서 우리는 서로의 손을 잡아 주고 보호하는 존재다. 덕분에 나는 그녀를 위해, 조금 더 일하고, 지쳐도 다시 일어서는 힘이 생긴다.

그 조그마한 손이 내 인생의 보호대라는 역설이 날 행복하게 만든다. 그녀의 활짝 웃는 미소가 내 하루를 움직이는 동력이 된다.

고맙다, 내 인생의 보호대! 그리고 감사합니다. 부모님, 내 인생의 보호대시여!

오늘 한번, 나만의 보호대를 생각해보자. 그리고 그 보호대에게 감사의 문자를 보내면 어떨까? 혹시 모르지 않는가? 상대방도 당신을 보호대로 생각하고 있었다는 것을 말이다. 운이 좋다면 기프티콘도 받을 수 있을 것이다.

그렇게
아빠가 된다

~~~~ 칼 라르손(1853~1919)이 그린 〈11월의 에스뵈른〉 속 아기는 내 딸과 닮았다. 약간, 노란색이 가미된 머리카락, 통통한 허벅지, 미소 짓는 표정이 특히 닮았다. 칼 라르손은 자녀가 8명이나 되었다. 그는 자녀들을 소재로 많은 그림을 그렸다. 막내 에스뵈른을 그릴 때, 얼마나 행복했을까? 나는 이 그림을 볼 때마다 자식을 바라보는 아버지의 따뜻한 시선이 느껴진다.

딸의 얼굴에서 그녀의 할아버지가 보일 때가 있다. 그녀가 활짝 웃을 때 도드라져 보이는 광대가 그렇다. 그녀 덕분에 고향 땅에 있는 아빠를 만날 수 있다는 것은 고마운 일이다. 아빠는 항상 나에게 이런 말을 했다.
~~~~

칼 라르손
11월의 에스뵈른
1900

"더울 때, 시원한 곳에서 일해라! 추울 때, 따뜻한 곳에서 일해라!"

그 말은 아버지의 삶을 함축하는 '슬로건'이었다. 중학교 졸업만 하셨던 아빠는 가족을 먹여 살리기 위해 애쓰셨다. 막노동에서부터 경양식 주방장, 용접에 이르기까지 할 수 있는 모든 일을 하셨다. 그런 아버지에게 있어, 학력은 가리고 싶은 상처였다. 그래서 내가 대학교에 들어가고, 교사가 되었을 때 너무나도 좋아하셨다. 배우지 못한 상처 때문이었다.

그런 아버지가 요즘 들어 시를 쓰고 계신다. 힘들 때마다 한 글자, 한 글자씩. 아빠는 시라고 말하지만 나는 삶이라고 읽는 것이 더 적합하다고 생각한다. 사실, 아빠의 시는 삶처럼 거칠다. 그러나, 진심이 담겨 있다. 특히, 손녀를 위해 일하시다가 잠깐 쉬는 시간에 쓴 시가 내 가슴을 흔들어 놓았다. 그 '시'는 손녀에 대한 따뜻한 사랑이 담겨 있었기 때문이다. 누군가를 사랑한다는 것은 거칠지만 상대방이 느낄 수 있는 진심을 담아 표현할 줄 아는 자만이 할 수 있는 행동이다. 아빠가 쓴 시 덕분에 이 글을 나도 쓰게 되었다. 그녀에 대한 나의 사랑을 표현하고 싶었기 때문이다.

카유보트(1848~1894)가 그린 〈작업복을 입은 사내〉는 아빠의 뒷모습처럼 보인다. 인생이란 거친 작업장의 일을 끝내고 가족을 향해 터벅터벅 걸어가는 모습 속에서 사랑과 헌신, 희생을 배운다. 그림 너머에서 아빠를 뒤따라가고 있는 내가 보이는 듯하다. 그렇게 나도 아빠가 되어가고 있다.

가끔 누군가의 뒤를 바라보자. 그 사람이 내 미래일 수 있기 때문이다. 그리고 내 뒤를 생각하자. 내 뒤를 바라보고 올 사람 역시 나의 과거이기 때문이다.

귀스타프 카유보트 | 작업복을 입은 사내 | 1884

피에르 오귀스트 르누아르 | 가브리엘과 장 | 1895-1896

응답하라!

～～～～ 딸아이가 즐거워하는 순간이 있다. 바로 촉감 놀이를 할 때다. 이 그림은 르누아르의 아들 장과 유모 가브리엘이 촉감놀이 하는 순간을 그린 그림이다. 르누아르(1841~1919)는 작업을 하기 위해, 아들 장의 시선을 사로잡게 만들어야 했다. 그래서 가브리엘과 아들이 놀 수 있도록 놀이 환경을 꾸며주기도 했다고 한다. 가브리엘은 소로 보이는 동물 인형을 들고 장과 놀아 주고 있다.

르누아르의 아들 장처럼, 항상 놀고 싶어 하는 딸도 부쩍 손가락으로 많은 것을 잡으려 한다. 모든 것이 신기할 나이다. 이유식도 집어 먹고, 물도 만지려 한다. 강이와 산이는 다윤이 덕분에 피해 다니기 바쁘다. 잡히면 꼼짝없이 털을 뜯기기 때문이다.

이런 그녀에게 요즘 새로운 놀이가 생겼다. 바로 옹알이다. 처음에는 '아~ 으어~'였다. 그러다 한 달 정도 지나고 나니, 이제는 제법 '어~마'와 '아~빠'를 쉬지 않고 말하고 있다(듣고 싶은 대로 듣는 중이긴 하다). 물론 고함은 필수다. 옹알이는 아기에게 있어, 놀이이자 말을 배워나가는 순간이라고 한다. 그래서 이때 상대방의 반응이 매우 중요하다. 어른의 말소리를 듣고, 흉내 내는 과정이기 때문이다. 의미가 없어 보이는 옹알이도 사실은, 배움을 위한 그녀만의 노력이 담겨 있는 것이다.

이때, 만약 어른이 반응이 없으면 아기의 옹알이는 감소해버린다. 그리고 말하는 횟수가 줄어버리고, 말문도 늦게 열린다고 한다.

이것을 보면서, 세상도 마찬가지라는 생각이 들었다. 반응, 즉 '리액션'이 중요하기 때문이다. 의미 없는 말과 행동은 없다. 하지만 그 말에 반응하지 않으면, 대화는 단절되고, 관계는 고립된다. 상대방의 옹알이를 알아채는 것. 그리고 그것에 반응해 주는 것. 그것은 서로의 이야기를 듣고자 하는 마음이 있어야 가능한 것이다. 그런 면에서 장모님은 '리액션'의 대가라 할 수 있다. 손녀가 옹알이를 하려 하면, 끊임없이 대화를 나누신다.

"사위, 다윤이가 부르고 있어요!"

장모님은 여기서 끝나지 않는다. 다양한 '리액션'을 가르친다. 손으로 입을 치며 소리를 내는 방법, 인사를 하는 방법 등이다. 덕분에 그녀는 표정이 밝고, 옹알이를 많이 한다. 그런 모습을 보며 우리는 '수다쟁이'라는 별명을 붙여주었다.

하지만 그녀도, 나와 있으면 옹알이가 많이 줄어든다. 그것은 전적으로 내 잘못이다. 옹알이하면서 놀아달라고 일어날 때, 나는 "일어나고 싶어?" 한마디로 끝을 낸다. 동요를 틀어주면 내 할 일 다 한 듯 뒤로 물러나 쉰다.

평상시에는 인식하지 못했다. 나와 장모님의 차이를. 하지만 그녀의 표정에서 드러나는 날이 있었다. 나와 함께 하는 순간, 지루해하며 하품하는 모습에서 말이다. 그러다 장모님과 만날 때 그녀의 표정이 바뀌었다. 그리고 참았던 수다를 내뱉기 시작했다. 그 모습을 보던 아내는 걱정하기 시작했다.

"앞으로 계속 여보랑 있어야 하는데, 말 늦게 하면 어떻게 해!"

나도 걱정이다. 이후, 장모님을 관찰하며 나와 가장 큰 차이가 '리액션'이었음을 깨닫게 되었다.

제임스 티소(1836~1902)의 그림은 '리액션'의 순간을 담았

제임스 티소
연못가에 있는 뉴턴 부인과 아이
1877~1878

다. 그림 속 뉴턴 부인은 내 딸의 또래로 보이는 아기와 대화를 나누는 것처럼 보인다. 티소는 여성용 물품을 팔던 상인의 아들이었다. 덕분에 화려한 예술적 감각이 뛰어났으며, 사교계에서 인정받았던 화가였다. 패션 잡지의 일러스트 담당이기도 했을 정도였다. 사람들은 티소의 그림을 보고, 사진으로 찍은 듯하다고 평가했다고 한다. 그는 자신의 아내였던 캐슬린 뉴턴을 모델로 아름다운 그림을 많이 그렸다. 이 그림도 그중 하나이다. 뉴턴은 상당히 자유로운 여인으로서, 사생아를 둘이나 낳았다. 그러나 티소는 그런 그녀를 사랑했고, 뉴턴이 병으로 죽은 뒤에도 그녀를 잊지 않았다. 그것은 뉴턴과 함께 내면을 교감했던 순간들 아니었을까? 그런 그녀의 성격은 이 그림에서도 잘 드러난다. 말이 통하지 않을 아기에게 말을 거는 뉴턴. 그녀가 손을 들고 말할 때, 아기도 똑같은 모습을 하고 있는 것이 인상적이다. 나는 다윤이가 아기이기 때문에 모를 것으로 생각했다. '리액션'은 마음에 공감하는 행위임을 깨닫는다.

"우~아! 아~빠!"

"그래! 아빠랑 놀고 싶은가 보구나!"

나는 '리액션'을 하고, 활짝 웃는다. 그리고 그녀를 목에 태워 산책하러 나간다. 딸아! 어제보다는 아빠가 조금은 더 너의 말을 알아듣고 있는 것 같지?

그녀 덕분에 나는 요즘 관계 속 '리액션'을 생각해본다. 혹시나 누군가의 말과 심정에 공감하고 있을까? 아니면 외면하고 있을까? 살다 보면 안다. 사람과의 관계가 제일 힘들다. 그럴 때, '리액션'을 해 보면 어떨까?

칼 라르손 | 체크무늬 옷을 입은 폰투스 | 1890

'자기' 다움

~~~~ 아내가 깨웠다.

"여보, 아기 볼 시간이야."

비몽사몽한 얼굴로 화장실 거울을 본 나는 깜짝 놀랐다. 끊임없이 자신의 영역을 확장해가는 다크 서클, 충혈된 눈, 헌 입안을 보면서 초췌한 내 '민낯'을 마주하게 되었기 때문이다. 옷은 더 엉망이다. 이유식 밥풀이 굳어 딱딱해져 있었다.

반면 딸아이의 얼굴을 점점 이뻐지고 있다. 내 눈에만 그런 것이 아니다. 그녀와 함께 식당과 카페를 가면, 모두 인형처럼 예쁘다고 한다. 처음 만났을 때를 생각하면 엄청난 변화다. 태어났을 때는 정말 남자아이 같았기 때문이다. 일부러 분홍색
~~~~

옷을 입혀, 여자임을 보여줘야 할 정도였다. 칼 라르손(1853~1919)이 그린 〈체크무늬 옷을 입은 폰투스〉와 정반대 상황이다. 칼 라르손의 세 번째 아이였던 폰투스는 성별이 남자이다. 처음에는 여자아이로 알았다. 분홍 옷도 한몫했다. 무엇보다 폰투스의 얼굴이 내 딸과 상당히 닮아서 더 그랬는지도 모른다.

얼굴의 어원은 '얼'을 담은 꼴에서 나왔다고 한다. 얼굴은 그녀의 혼이 담긴 형태인 것이다. 그런 점에서 내 얼굴이 보일 때 겁이 나기도 한다. 나의 부정적인 '민낯'을 닮을까 봐서다. 나는 소심하기도 하고 겁도 많다. 때론 우울증에 빠져 홀로 심각해지기도 한다. 그러면서도 성격은 급해 많은 시행착오를 거친다. 이런 나의 '민낯'을 딸이 닮지 않았으면 한다.

칼 라르손도 마찬가지였나 보다. 그는 수채화를 즐겨 사용했다. 그래서 상당히 밝고 경쾌하다. 가족을 주제로 그렸기 때문에 행복감은 배가 된다. 하지만 칼 라르손의 어린 시절은 불우했다. 아버지는 집을 나갔고, 어머니는 파산했으며, 동생은 죽었다. 아버지로부터 사랑을 받지 못했던 그가, 이런 행복한 그림을 그렸다는 것이 아이러니다. 반대로, 그는 자식들에게 불행한 어린 시절의 경험을 주고 싶지 않았던 것은 아닐까?

구스타프 클림트 | 매다 프리마베지의 초상 | 1912

아들 같았던 딸이 점점 여자의 얼굴을 보여주고 있듯이, 자신만의 민낯으로 얼굴을 만들어가면 좋겠다. 나의 복사본이 아닌, 자신만의 정체성을 찾아가는 것 말이다. 책을 읽다 보니, "원본으로 태어나 복사본으로 살아가는 순간들이 많다"는 문구가 쓰여 있었다. 흔히 말하는 Identity가 없이 살아가는 것이다. 누군가의 영향을 강하게 받기도 하고, 나만의 생각이 없을 때 그렇다. Identity의 어원은 ego(자아)를 뜻하는 '나'와 entity(실체)의 합성어라고 한다. 즉 나를 이루는 모든 것이 정체성을 만든다. 그런 면에서 다윤이는 '누군가의 아들과 딸'이기보다 '자기다움'으로 살아갔으면 한다.

지금은 그녀의 얼과 꼴이 만들어지는 시기이다. 아빠로서 무엇을 해줘야 할지 많이 알지 못하지만, 지금, 이 순간을 그녀와 함께 누리고 싶다. 내 생각과 가치를 주입하기보다는 순간을 함께 경험하고 느끼게 하고 싶다. 그녀가 컸을 때, 아빠와 함께한 순간들이 자신의 정체성을 만드는 데 큰 도움이 되길 바라본다. 클림트(1862~1918)가 그린 〈매다 프리마베지의 초상〉 속 매다처럼, 당당하게 살아가길 응원해 본다. 내일은 어떤 얼굴을 하고 있을지 기대된다. 아! 물론 아빠보다는 엄마를 더 닮길 기원한다.

나만의 미술관

~~~~ 우리 집에는 작은 '미술관'이 있다. 내가 좋아하는 그림과 기념품들이 전시된 곳이다. 요즘에는 새롭게 딸아이의 추억들이 담긴 굿즈들이 추가되었다. 100일 사진과 탯줄 도장, 200일 기념 키링, 사진첩 등이다. 목말을 탄 그녀는 연신 미술관의 전시물에 관심이 많다. 그중에는 결혼사진도 있다. 10년 전 젊은 얼굴로 있는 나와 아내를 보며, 그녀는 연신 '으엄~마~'를 외친다.

지금 다시 보니, 사진 속 아내는 알폰스 무하(1860~1939)의 〈사계 중 봄〉 속 여신처럼 보였다. 이것은 '협박' 때문에 쓰는 것이 아니라, 진정으로 그렇게 느껴졌기 때문이다. 그림 속 여
~~~~

알폰스 무하
계절 중 봄
1896

신은 아내처럼 아름답다. 봄을 알리는 하얀 꽃과 성장과 재생을 의미한 초록이 그려져 있다. 봄에는 모든 생명이 피어나는 탄생의 계절이라는 것을 감각적으로 잘 보여준다. 그림을 그린 알폰스 무하는 체코 출신의 아르누보(신예술)의 거장이자, 현대적 감각의 소유자였다. '무하 스타일'로 불리는 그의 화풍은 하나의 고유명사가 되었다. 화려하게 치장된 보석과 옷, 신비한 분위기, 식물의 곡선과 과도한 장식성을 적재적소에 사용했기 때문이다. 그래서 그를 가리켜, '그래픽아트의 선구자'라고 한다.

그의 그림은 100년 전 작품이라고 보기 어려울 정도로 아름답고 혁신적이다. 덕분에 여신은 더욱더 빛난다. 처음 만난 날의 아내처럼.

1월 2일, 강남역 7번 출구였다. 소개팅이었는데, 보자마자 마음에 들었다. 그럴 수밖에 없었다. 내가 마음에 들어 먼저 소개해 달라고 했기 때문이다. 그녀는 무하의 그림 속 여인들처럼 순수하면서도 청명했다. 그런 부분이 좋았다. 2년 뒤 우리는 결혼했고, 7년 뒤 우리 딸을 만나게 되었다.

결혼한다는 것은 그동안 경험하지 못한 새로운 감정을 경험하는 순간들이다. 흡사, 비트코인과 주식의 상승과 하락을 연달아 경험하는 것처럼 말이다. 통계상 결혼이 경제적으로 주는 금액의 가치가 연간 1억 정도라고 한다. 행복한 결혼생활은 1억 이상의 심리적 안정감을 주지만, 실패한 결혼은 정반대의 손실을 준다는 것이다. 나도 그렇다. 인생이란 거친 항해에서 아내는 함께 배를 이끌어가는 선장과 같다. 힘들 때, 큰 위로가 되는 동료이다. 반대로, 가끔은 말이 통하지 않으면 그 배에서 밀어버리고 싶을 때도 있다(그랬다가는 내가 도리어 죽을 것이지만). 그래서 결혼은 단순한 두 사람의 만남이 아닌, 심리의 만남일 수 있다는 생각이 든다. 통계가 정확한지 모르겠지만 결혼을 준비하는 과정에서 커플의 10%는 파혼을 하는데, 이유는 여러 가지다. 자기가 사 놓은 컵라면을 먹었다는 이유로 파혼한 커플도 있었을 정도다. 이처럼 결혼 전 문턱을 넘기도 쉽지 않은 일이다.

그만큼 결혼은 서로를 어느 선까지 인정하고 받아줄 것인가에 대한 심리적 부분이 크다. 서로의 삶을 공감하며 갈등의 요소를 줄여나가야 한다. 그러나 쉽지 않다. 치약을 짜는 것에서부터 싸우기 때문이다. 그런 상황에서 아기까지 태어난다면, 갈등은 더 커질 수 있다. 반대로 서로의 영역을 이해하고 공존한다면, 아기는 행복의 씨앗이 된다. 그녀가 태어난 이후로 우리 부부의 갈등은 상당히 많이 줄어들었다. 아이를 기다리면서, 서로를 이해하는 순간들이 많아졌기 때문이다. 결론적으로 나는 지금까지의 결혼생활을 통해 9억 이상의 심리적 이익을 본 것 같다. 이해심 많은 아내 덕분에 짜증도 줄었고, 배려심도 많아졌다. 이것은 나만의 주장이 아닌, 친구들의 증언이다. 그리고 그녀들을 통해 돈으로는 환산할 수 없는 행복감을 느낀다. 여신 두 명과 함께 사는 인생인데 행복하지 않을 수 없지 않겠는가?

최근 걸린 가족사진 속 우리 가족은 흡사 칼 라르손의 〈봄의 공주〉처럼 보였다. 그림 속 모델은 칼 라르손의 아내 카린과 막내딸 커스티이다. 그림 속 가족처럼, 그는 행복한 가정생활을 꾸린 가장이었다. 그런 점에서 나는 칼 라르손을 닮고 싶다.

칼 라르손
봄의 공주
1898

다시, 그림을 바라보니, 아내는 그녀를 안고 있었다. 그리고 이전보다 더 빛나고 아름다워 보였다. 그녀들과 함께 내 삶을 앞으로 채워간다는 사실이 너무나도 감사하다.

나만의 작은 '미술관'을 지나며, 어디에서도 살 수 없는 이 행복감을 마음속에 저장해 본다. 저장된 행복은 힘든 순간을 극복하게 만드는 치유제가 될 것이다. 칼 라르손에게 있어 가족이 그러했던 것처럼 말이다. 나만의 행복감이 담긴 '미술관'을 곳곳에 만들어 보면 어떨까? 그러면 매 순간이 행복으로 물들지 않을까? 특히 회사의 책상 위는 필수이다.

45cm의 거리

~~~~~~ 운다. 계속 운다. 끝없이 운다. 울어야 하는 이유는 많다. 모로반사, 이앓이, 배고프거나 기저귀를 갈아야 할 때다. 그래서 항상 가까운 거리에 있어야 한다. 울면 바로 대처해줘야 하기 때문이다. 잘 때는 특히 더 가까이 있어야 한다. 스스로 놀랄 때, 쓰다듬어 줄 수 있다. 그러면 곧 아빠의 손길에 따라 잠이 든다. 그런 점에서 나의 요즘 모습은 토머스 홀(1810~1870)이 그린 〈사랑의 어려움〉 속 아빠와 같은 어려움을 겪고 있다. 화가는 영국 빅토리아 시대를 살면서 가족을 소재로 코믹한 그림을 많이 그렸다. 조금만 바꿔 패러디하자면, 한 손에는 분유, 목에는 다윤이를 태운 모습으로 묘사할 수 있다.
~~~~~~

그림 속 가족은 다둥이다. 나보다 어려움이 몇 배는 될 것이다. 하지만 아빠는 자녀들 틈 속에서도 든든한 고목처럼 서 있다. 그는 사랑꾼이 분명하다. 힘들면서도 아내의 손을 잡고 있지 않은가? 곧 넷째가 생길 것 같은 분위기다.

나는 그처럼 힘들진 않지만, 초보라는 것은 언제나 힘들다. 그러므로 나의 힘듦을 그는 이해해 줄 것이다. 그림 속 아빠처럼, 항상 딸과 대기하고 있어야 한다. 그래야 아기가 다치지 않고 잘 큰다.

하지만 성인은 다르다. 성인끼리의 가장 좋은 거리가 45cm라고 한다. 더 안으로 들어오면 불쾌해지고 멀어지면 공감하기 어렵다. 45cm의 거리 두기는 어른들에게 필요한 안전지대라는 의미이기도 하다. 그 거리는 어쩌면 행성의 공전궤도와 비슷해 보인다. 사람을 행성에 비유하자면, 45cm의 거리를 유지해야 공전할 수 있다.

그러나 신생아에 가까울수록 부모와 아기 간의 거리는 가까운 동시에 공존하며 공전할 수 있다. 달이 그렇다. 달은 매년 3m씩 지구와 멀어지고 있다. 그래서 수억 년 뒤면 지구와 완전히 멀어져, 우리는 더 만날 수 없다고 한다. 이 말은 처음 달이 만들어졌을 때는 지구와 매우 가까웠다는 뜻이기도 하다.

내 딸도 마찬가지인 것 같다. 지금은 가장 가까이에 있어야 할 때다. 하지만 조금만 크면, 나와 멀어져 갈 것이다. 그리고 어느 순간에는 45cm의 거리를 유지해야 하는 사이가 올 것이다. 그녀가 그만큼 홀로 공전할 수 있는 행성이 되었다는 순간이기 때문이다. 지금도 조금씩, 그런 순간들을 느낀다. 신생아 때는 내 품 안에 있어야 살 수 있었다. 100일, 200일, 돌이 지나면서 그녀는 조금씩 앉고 일어서며 걸어 다니기 시작했다. 그렇게 그녀는 스스로 할 수 있는 것들을 찾아가고 있다. 도리어 내가 안으려 하면, 귀찮아하는 표정을 짓기도 한다. 그렇지만 이 조그마한 녀석이 나와 거리를 둔다면, 서운해할 것이 아니라 흐뭇해야 한다. 내가 돌아야 함께 돌 수 있는 위성이 아닌, 자신의 우주를 가진 행성이 되었기 때문이다.

다행스럽게도 아직은 나와 더 가까이 있어야 하는 행성이다. 이 거리가 조금씩, 조금씩 멀어질 때 겸허하게 이 글을 다시 보고, 받아들이려 한다. 이렇게 귀여운 그녀도 어느 순간 사춘기가 올 것이다. 에드윈 랜시어가 그린 〈말썽꾸러기〉처럼 말이다. 소녀는 무엇인가 잘못 했는지 눈치만 본다. 부모님께 혼이 단단히 났나 보다. 다윤이도 말썽꾸러기가 되면 그녀가 커가고 있다는 신호일 것이다.

그렇게 생각하고 보니, 아직 나에게는 그녀와 더 가까이 있어야 하는 시간이 제법 남았다. 그래서 다들 "지금이 제일 이쁠

때야!"라고 하나 보다.

그녀의 볼을 비비다. 아! 이런, 잠에서 깬 그녀가 울기 시작한다. 그것을 지켜본 아내는 도끼눈을 뜬다.

"둘 다, 내 맘 알지?"

모르는 눈치다….

토마스 홀 | 사랑의 어려움 | 1870

에드윈 헨리 랜시어
말썽꾸러기
1834

홀로서기,
하지만 혼자는 아니야

~~~~ 조급해질 때가 있다. 남들보다 뒤처진다는 생각이 들 때다. 그녀의 배밀이가 조금 늦다고 생각했다. 5~7개월이면 배밀이를 해야 하는데, 아직 앉기만 하고 기어 다니지 못했다. 걱정했고, 문제가 있나 마음을 졸였다. 혹시나 안짱다리가 되는 것은 아닐까…. 지금 생각해보면 망상이었다. 5개월 뒤, 다윤이는 왜 그런 걱정을 하고 있냐는 듯 나를 바라보며 서 있다. 조금 있으면 우리 집의 고양이들은 그녀를 피해 도망 다녀야 할 판이다.

〈과자를 들고 있는 브리타〉는 칼 라르손(1853~1919)이 그렸다. 유독, 라르손의 자녀 중 브리타와 고양이가 함께 있는 그림
~~~~

들이 많다. 그의 다섯 번째 자녀였던 브리타가 고양이처럼 사람을 끄는 매력이 있었나 보다. 나는 이 그림을 좋아해서, 거실에 걸어둔다. 그녀와 산이가 같이 있는 모습 같아서이다.

브리타처럼 내 딸은 곧잘 서있다. 이제는 한 손에 장남감을 들고 서있을 정도가 되었다. 장족의 발전이다. '언제 땅에 닿지?'라고 생각했던 거대한 소서는 이제 그녀의 몸에 맞지 않지도 않는다. 그녀가 이처럼 순식간에 커버리는 것을 보면서, 걱정을 '선불'로 하는 나를 돌아보게 된다.

생각해보면 걱정이란 이름에 가려졌던 미션들은 하나씩 다 해결하며 살아왔다. 알지 못한 길을 가야 한다는 두려움, 나의 상황 때문에 위축되었을 뿐이다. 그녀의 모습을 보면, 왜 걱정을 했는지 모를 정도로 잘 해결되었다. 그렇게 딸은 건강하게 자라고 있으며, 앞으로도 더 성장해 나갈 것이다.

불가능해 보였던 배밀이, 서기는 이미 지나간 일이 되어 버렸듯이 말이다. 이제는 뛰고 정확한 발음으로 목청을 높여 나를 부를 것이다.

"아빠, 나 놀아줘!"

내년 이맘때쯤? 나는 그녀의 성장을 보면서 어떤 생각을 할까? 내가 이런 생각을 할 때, 서 있는 그녀를 바라보며 흐뭇해하는 할머니, 할아버지, 다윤이 엄마, 이모가 보인다.

칼 라르손
과자를 들고 있는 브리타
1894

칼 라르손 | 큰 자작나무 아래에서의 아침식사 | 1895

그렇다! 세상은 홀로 해결해야 할 문제들도 산적하지만, 그 뒤에는 함께하는 이들이 있음을 잊으면 안 된다. 홀로서기가 필요하지만, 혼자가 아니다. 소소해서 더 행복할 우리들의 앞날을 바라본다.

우리 가족 모두!
그리고
지금까지 나의 소소한 순간을 공유한 당신도!

칼 라르손 | 내 무릎 위의 브리타와 거울상 | 1895

'글을 쓴다는 것은 자식을 낳는 것과 같다'라는 말에 전적으로 공감합니다. 항상 글을 쓸 때는 마음의 출산을 경험합니다. 대다수 글은 유산이 되어, 사라져 버립니다. 그런데도 꾸준하게 쓰려 노력합니다. 제 마음속 이야기들을 잘 낳고 싶기 때문입니다. 다윤이를 만나기까지의 여정이 험난했듯, 이 글을 쓰기까지 많은 순간을 겪어야 했습니다.

가장 큰 적은 '나' 입니다. "누가 보니?", "의미가 있어?", "쓸 시간에 잠이나 자라" 온갖 생각들이 떠올랐습니다. 틀린 말도 아닙니다. 하지만 밝은 미소로 저를 바라보고 있는 다윤이를 보면서, 내면의 나와 맞서 싸울 수 있었습니다. 다윤이에게 아빠의 기억을 공유하고 싶었기 때문입니다.

칼 라르손처럼, 다윤이를 무릎 위에 놓고 타자를 쳤습니다. 그녀 한번, 화면 한번. 그렇게 글들이 모여 이 책이 되었습니다.

다윤이가 생기면서 매일의 일상을 블로그에 올리며 행복했습니다. 세상이 다르게 보였고, 내면의 우울감이 많이 사라졌습니다. 그 경험을 다윤이에게 알려주고 싶었습니다. 행복은 큰 것이 아닌, 소소한 것에서 나오기 때문입니다. 각각이 지닌 가치를 발견하는 순간에서 오는 기쁨을 누린다면, 삶이 얼마나 그림처럼 아름다울까요?

그래서 삶 속 가치를 발견한 화가들의 그림을 바라보게 되었습니다. 그들의 삶은 누구보다 치열했고, 비참했으며, 실패가 많았거든요. 그들에게서 위로를 얻고, 그림에서 희망을 발견합니다.

그림을 보며, 내 마음이 흔들렸던 그 순간이 저에게는 행복이었습니다. 이 책을 보는 여러분과 다윤이도 저와 같은 마음을 공유했으면 좋겠습니다.